艾
伟

作
品

演唱会

艾伟 著

人民文学出版社

图书在版编目（CIP）数据

演唱会/艾伟著. —北京：人民文学出版社，2022
ISBN 978-7-02-016402-8

Ⅰ.①演… Ⅱ.①艾… Ⅲ.①短篇小说—小说集—中国—当代 Ⅳ.①I247.7

中国版本图书馆CIP数据核字（2021）第213167号

责任编辑	刘　稚　秦雪莹
装帧设计	刘　静
责任校对	王筱盈
责任印制	王重艺
出版发行	人民文学出版社
社　　址	北京市朝内大街166号
邮政编码	100705
印　　刷	三河市中晟雅豪印务有限公司
经　　销	全国新华书店等
字　　数	105千字
开　　本	850毫米×1168毫米　1/32
印　　张	7　插页1
版　　次	2022年1月北京第1版
印　　次	2022年1月第1次印刷
书　　号	978-7-02-016402-8
定　　价	49.00元

如有印装质量问题，请与本社图书销售中心调换。电话：010－65233595

目　录

演唱会	001
小满	025
小偷	065
幸福旅社	097
在莫斯科	133
在科尔沁草原	165
最后一天和另外的某一天	189
附录　获奖作品颁奖辞	218

演唱会

卖烤羊肉串的车从黑暗深处推入广场的光亮处，火炉也随之从刚才的火红色变成淡黄色。车轮在雪地上留下两条黑线。刚才有零星雪花，这会儿完全停了。

好像是烤羊肉串引起了男人的饥饿感，他拍了拍体育场那根巨大的钢柱，从黑处钻出来，来到那个卖烤羊肉串的新疆人边上，买了两串。他迅速地咬了一口油滋滋的肉串，很烫。口腔产生痛感。他皱了一下眉，向一边走去，把其中的一串烤羊肉串递给那孩子。

男孩的脸仰起来，看了看他。男孩戴着墨镜。男人看不到孩子的目光。是个瞎子吗？孩子的左手中拿着一根荧光棒，右手拿着一张演唱会的门票。孩子犹豫了一下，把门票塞进兜里，伸手接过烤羊肉串。孩子又看了他一眼，然后看着烤肉羊串，咽了一口口水，像是不知从哪块肉下嘴。

"快吃吧，趁热，天这么冷，等会儿就凉了。"男人说。

孩子咬了一口。味道很好。孩子的脸很严肃。孩子又看了男人一眼。

"我受骗了。"孩子嚼着肉含混地说,"黄牛给了我假票,我进不去。"

孩子没钱,买不起门票,演唱会开场后,能够买到黄牛手上多余的票,可以把票价压得很低。结果票是假的。

他看了看孩子,说:"把票给我看看。"

孩子用嘴叼着羊肉串,腾出一只手,拿出刚才塞到口袋里的票子,递给男人。

"是假的。该死的黄牛。"男人说。

男人看了一眼体育场。光芒在体育场上空升起来,像盛开在黑暗中一朵硕大的花。

"我看你在雪地里站了好一会了,这儿又听不到什么。"男人说。

"我要找到那个黄牛,让他坐牢。"孩子说。

男人冷笑了一下。看来是个固执的孩子。固执令人讨厌,就像一只蚂蟥叮着你的腿肚子吸血,甩也甩不掉。男人把一串烤羊肉一嘴撸了,随手把用来串羊肉的细竹条掷到雪地上,擦了擦手,走了。

男孩觉得乱丢垃圾不好,去捡细竹条。孩子走得太快,滑倒在雪地上。荧光棒甩出老远。孩子爬起来,开始在雪地上摸索荧光棒。他真的瞎了吗?孩子触摸到荧光棒时,脸上露出笑意,眼睛却并没瞧它一眼,好像他的手就是他的眼睛。

其实男人并没有看到男孩跌倒的样子,他的背后有双眼睛似的,"看见"男孩刚才的样子。也许是男孩发出的声音让他在脑子里形成某种图像。他的心里面抽了一下,像是一股冷气突然从衣领口子里窜入,钻进他的心脏里。

男人站住,回过头来问:"你想看这场演唱会吗?"

男孩看着男人,不知道男人什么意思。他不相信男人能带他进体育场。突然吹来一阵猛烈的风,把地上的散雪吹了起来,打到孩子的脸上。孩子看到不远处灯光下那烤羊肉串的车也被雪击中,晃动了一下,火苗跟着暗了一下。孩子的脸上露出迷惑的表情。

男人抹去脸上的残雪,恶狠狠地说:"站着干吗,跟我走啊。"

他们并没有进入体育场。男人带男孩进了附近的一家游乐场。游乐场大门紧闭,他们是从围墙上爬进去的。男人先爬到围墙上,然后倒挂着伸出手,拉住孩子。孩子不重,快到墙头时,男人一把抱住男孩,然后一起跳下去。下面是松软的积雪。孩子看到远处的摩天轮亮着灯光。灯光没有动,摩天轮应该是停在那里。摩天轮已是永城一景,游乐场关门后,摩天轮还亮着,人们在黑夜里看得见它像佛光一样缀在永城的上空,轮廓庞大而圆满,给人一种神秘而梦幻的感觉。

他们向那光亮的方向走去。摩天轮的光有点儿强烈,刺人双眼。

"你为什么戴着墨镜?眼睛瞎了?"男人说。

"我没瞎。"男孩说。

"把你的墨镜给我,看见光线我眼睛会流泪。"男人说。

男孩摘下墨镜,递给男人。男人第一次看见男孩的双眼,一双明亮的大眼睛,一双你怎么骗他都会相信的眼睛。怪不得会买到假票,不骗这种缺心眼的孩子还去骗谁?男人看了看手中的墨镜,太小了,放不到他这张大脸上。男人试了一下。不能。男人还给了小男孩。

游乐场非常大,男孩不知道男人要带他到这里来干吗。刚才他说让他观看演唱会的。不过男孩似乎忘了演唱会,他被摩天轮吸引住了,几乎是跑向摩天轮的。一会儿,他们来到摩天轮下面。男孩有点儿气喘呼呼。摩天轮静静地停在那儿，那些座位上积了厚厚的雪。男孩拿下墨镜，抬头朝摩天轮张望，每一个座位处对称地向两边射出一束光线，这些光线规则地悬于头顶，刺穿黑夜，黑暗和明亮的交汇有一层雾状的悬浮物，仿佛光线融化在了暗中。

男人掸去摩天轮不远处的一条长凳上的积雪，坐了下来，他点了一支烟。男孩看了男人一眼，他的右边不远处就是体育场，摩天轮的圆轮正对着体育场，好像摩天轮随时会向体育场滚去，把体育场碾碎。刚才的兴奋劲儿过去了，男孩听到了从体育场传来的声音，歌声伴着歌迷的呼喊声，意外清晰，比刚才在体育场的广场要清晰得多。

男人让孩子在摩天轮的一把椅子上坐下来。男孩模仿着男人的模样，抹去椅子上的积雪，然后坐下来。他想象摩天轮转动的景象，他玩过摩天轮，摩天轮转动起来，他就会跟着轮子升起来，又落下去。那种感觉就像波浪一样，一浪一浪地涌动，前进后退，分外刺激。

男人来到男孩身边，拿起座位上的安全带，把男孩的身体扣死。

"等会儿升上去你会害怕吗？"男人问。

男孩不清楚男人这么问是什么意思。他看着男人，然后摇了摇头。男人丢了烟头,站起来,向不远处的操控室走去。男人不知施了什么魔法,打开了操控室的门,然后按下了那个红色按钮。

摩天轮突然转动起来。这让男孩猝不及防。他先是看到灯光在摇动,然后才意识到自己在上升。男孩几乎本能地摸了一下系在身上的安全带。扣得很紧。一会儿男孩适应了,他把目光投向男人,男人正从操控室出来。男孩怀疑男人是游乐场的操作员,这个念头让他放宽了心。

在上升到三分之二高度时,男孩看到了体育场内的情形。整个体育场镶满了五颜六色的灯饰,在闪闪发亮。从这儿看去,舞台上的歌星只有手掌这么大,他在台上跳着唱着,台下满是荧光棒和尖叫声。男孩会唱歌星的每一首歌。男孩从怀里取出荧光棒,情不自禁地一边摇动,一边跟唱。

男孩又落了下来。好像一个波浪把他打没了,男孩有一种淹在水里的感觉,看不到体育场内的一切。男人在摩天轮边上站着,双手插在裤袋里。

"这家伙很红吗?"男人问。

"他是我偶像,舞跳得特别棒。他是从韩国学的音乐和街舞。"男孩说。

男孩还没来得及说完,又升了上去。这种感觉真的很像在冲浪。虽然男孩没冲过浪,他想象冲浪大概就是这样子。

男孩再一次从浪尖下来时,发现男人消失无踪。灯光照在那把长椅上,长椅孤零零的,像是从没人站在那里过,那男人只不过是个幽灵。男孩慌了神,他担心男人抛下他走了。如果男人不回来,意味着没有人替他把摩天轮关掉,摩天轮将永远这样转下去,他将在摩天轮待上至少一个晚上。晚上可能再下一场雪,他会被雪盖住,结成一个冰人。也许根本不用下雪,寒冷的北风足够让他冻成冰块。

男人再一次出现在摩天轮下,男孩才松了口气。他对自己刚才的怀疑感到羞愧。现在他放心了,男人不会丢下他。他再次专注于演唱会中。他看到演唱会达到高潮,整个体育场内的歌迷都在放声高唱。

男人对演唱会没有兴趣,他又点上一支烟。他吸烟时,那火光亮得像在燃烧。男人看了看手腕上的电子表,已过了九点。他想象体育场里边群魔乱舞的情形,他觉得里面的每个人都相当滑稽,为什么他们见到一个明星就变得如此幼稚?他听到摩天轮上的男孩在唱一首摇滚乐,童声稚嫩,时断时续。歌声迅速消失在黑暗中。一道流星从游乐场上空忽地划过。

歌声的结束处,男孩举起双手伸向天空。随着摩天轮的转动,他手中的荧光棒划出一道旗帜一样的光屏。男人猜想,一定是体育场内的歌星也做了这样一个动作。

"你这么晚不回家,你爸妈放心?"男孩降下来时,男人问。

"我爸妈离婚了,我判给我爸。我爸又结婚了。我奶奶带我。我奶奶天一黑就睡了。"男孩脸上露出庄重的表情,好像男人问的是一个荒唐的问题。

"你妈呢,也嫁人了?"男人问。

男孩又升了上去。孩子做梦也没想过他可以在摩天轮上看演唱会,他觉得这比在现场观看都好。他感到幸福。他甚至有点儿庆幸今晚买到了一张假票。

体育场内正在演唱一首摇滚版的《国际歌》。这首人人会唱的歌曲使体育场内的气氛达到高潮。同时男孩意识到演唱会应该马上就要结束了。没有比在全场高亢合唱中结束更完美的了。男孩心里面涌出淡淡的伤感。最后总归要曲终人散的,一点儿办法也没有。

演唱会就要结束时,一道手电筒的光打在男人的脸上。然后手电筒又射向正坐在摩天轮上的男孩脸上。是游乐场的保安。保安从门卫室出来撒尿。他在雪地上欢快地撒了一泡尿后,抬头看到游乐场的摩天轮竟然在转动,就摸了过来。他的手上拿着一根电棍,是他刚才折回门卫室带上的。

"你们在干什么?谁让你们进来的?这可是损毁国家财产,要坐牢的。"保安说。

男人把烟叼到嘴上,夸张地举起手,说:"你手中是枪吗?"

保安说:"什么枪不枪的,我又不是警察,这是电棍,你们谁也别想跑,否则我电死你,还有那孩子。"

男人很配合,听从保安的话,让自己趴在摩天轮控制室外的墙上。控制室的门洞开着,保安走进去,但他不知道怎么关掉,他怕突然停掉让孩子悬在半空中。他可不想因此惊动游乐场的领导,引来一堆麻烦。男人说,他会操作。保安白了男人一眼,让男人进去。需要先让摩天轮降速。男人盯着屏幕,看到男孩的位置快要落到地面,他果断地关掉了摩天轮。

孩子还呆坐在椅子上。他有些担心,看了看保安,又看了看男人。男人脸上没有表情。保安向孩子挥了挥手,让孩子下来。保险带扣得很死,孩子好不容易才解开,从摩天轮上跳下来。

保安把两人带到门卫室。保安一直用狐疑的目光看着他俩。

"你怎么会开摩天轮,在这儿干过?"保安问。

男人摇摇头。

保安松了一口气。如果不是这里干过的老职工，他可以对他们凶狠一点儿。保安拿出一个记事本，拿手中的电棍指了指男人，让男人供述。

"怎么进来的？怎么打开操控室的门？都给我老实交代。"保安说。

男人摆着一张臭脸，没把保安放在眼里。保安奈何不了他，只是在装腔作势。门卫室有空调，比较暖和，男人想多待一会儿。

男孩担心保安把他们送到警察那儿。刚才保安威胁说，这事儿够他们坐牢了。

"我只是想看对面体育场的演唱会。"男孩说。

"哟，都是些什么人啊，都到游乐场蹭演唱会了，亏你们想得出来。不会自己买张票子进去吗？连一张门票都买不起？"保安语带讥讽。

"我被骗了，黄牛给了我一张假票。"男孩把门票递给保安。

保安仔细看了看门票，好像突然意识到了什么，仔细打量男人和孩子的脸，问："他是谁？你爸？"

男孩犹豫了一下，说："是的。"

男人的目光亮了一下。

对男人的沉默，保安有些恼怒。保安突然把门票拍在桌上，说："你怎么当爹的，给孩子做这种坏榜样，怎么可以像贼一样地钻到这里来，让孩子从小学会占便宜？"

男人觉得保安有点儿可笑，完全没必要这么人模狗样。只要愿意，他完全可以把电棍夺过来，让保安吃上一壶。只是男人不想惹事。

仿佛是在声援男人，男孩把手伸过去，拉住男人的手。他感到男人的手在颤抖。男人是害怕吗？男人脸色很难看，也许男人是在克制自己的情绪。

男人感到手里钻进一只柔软而暖和的小手，像一只小麻雀钻到手心里。男人看了男孩一眼，紧紧握住了男孩的手，怕男孩会溜走似的。门卫室的空调发出沉闷的声音。

"不吭声是吧，你们想在这儿待上一夜吗？"保安威胁道。

后来保安对他们失去了兴趣。这两个家伙一点儿也不好玩，像游乐场外的铁闸一样屁都不放一个。铁闸你拿票子一刷还会有反应，而这两个人就是薅毯，这会儿再怎么恶心他们，他们都不开口。他们握着对方的手，好像这样才是安全的。保安想过用电棍电男人一下，不过他从没电击过人，他不清楚会有什么后果。他放弃了。最后他像放走两只蟑螂一样放走了两人。

离开游乐场门卫室,他们一直没有松手。转弯时,男人想过松开手,可男孩并没有放手的意思。男人的心又像被什么东西扎了一下,仿佛烈酒入口,有一股暖流从胸腔流过。男人莫名地握着孩子的手往自己家里走。

"你为什么会开摩天轮?"男孩问。

"我在那操控室里待过,他们试图让我明白摩天轮是怎么转动的。"男人说。

"所以你在那儿干过?"男孩问。

"没有。"男人说。

男孩听不明白,一脸疑惑。

路过市中心广场,转入一条狭长的小巷,男人指了指前方一排木结构老屋,说:"我到了,住那儿。"

男孩还是拉着他,没放手。老屋的墙已风化,没有脱落的石灰上长着一块一块黑斑。那应该是黑色霉菌。

男人像是下了天大的决心,把男孩的手拉起来,拍了拍,说:"你走吧,很晚了,你得回去睡觉了。"

男孩站在那儿,没吭声。

男人说:"怎么啦,你知道怎么回家的,对吧?永城屁大点儿地,你不会不认得路吧?"

说完男人向自己屋里走去。当他回头的时候,男孩还站在那里。他手中的荧光棒已经熄灭了。应该是电池耗光了。在雪地上的男孩像某个归来的影子。男人心又热了一下,他突然回过身来,很快走到男孩面前,粗暴地抱起男孩,扛在肩头,像扛着一块木板。男孩在肩头挣扎了几下,便安静了。男人把男孩扛进屋内。

"不想回家了,嗯?"男人蹲在男孩前面说。

男孩安静地打量着屋内的陈设。客厅那对沙发的人造革皮已破损,对面的电视机还是台式的,放在一只油漆脱落的餐边柜上。男孩向过道那边张望了一眼,有一个楼梯通向阁楼。男孩马上明白,这个男人家里没别人。他看了男人一眼,他和自己的父亲差不多年纪了,他没结婚吗?

男人打了个长长的哈欠,含糊地说:"我困了,要睡觉了。我陪了你一个晚上,真是活见鬼了,我上辈子没欠你吧?"

男人打哈欠时,男孩盯着他的口腔,好像穿过那个黑暗的口腔可以见到男人所有的秘密。

"别这样看我,我不是你爹。"男人说。

男人把目光投向墙上,墙上挂着一张照片,一个男孩的照片。

"他是谁?"男孩问。

"我儿子。"男人说。

"他呢?"

"你没完没了啦?"男人说。

男人走进自己房间,迅速把门关上,好像怕男孩看到什么秘密。一会儿男人捧着厚厚的棉被出来,掷在客厅的沙发上。

"这么晚了,你也别回去了,睡这儿吧。"男人说。

男孩看了看照片。那男孩穿着一件漂亮的白衬衫,在一个晴朗午后的街道上笑着,背后的蓝天映衬着他那只圆圆的脑袋,好像他会变成一只气球从这里飘走。

"今晚真倒霉,你就是个灾星,害我陪着你受了一夜的罪。天知道我为什么要那么好心。我累了,要睡觉了,你看着办吧。"

男孩几乎没看男人一眼,他把沙发上的被窝摊开,钻进被子里面。被子很厚实,足够抵御寒冬了。

男人关掉客厅的灯,进了自己的房间。

隔音不是很好,一会儿,男人的房间里传来断断续续的鼾声。男孩并没睡着。一直盯着墙上的孩子。男孩想,也许这个男孩跟着他的妈妈去了更好的地方。他有点儿羡慕墙上的孩子。

男孩一直没睡着。今夜无论如何令人兴奋,他满脑子都是摩天轮转动的情形以及体育场内演唱会的热闹。阁楼上有一些奇怪的声音。也许是老鼠发出的叽叽声。男孩对阁楼之类的地方一直满怀好奇，很想去看看。半夜时分，男人的房间里的鼾声突然停止。一会儿，房间门开了，房间的门缝里探出一个头，也没开灯，也许因为困，男人一直闭着眼睛。男人来到沙发前，替男孩整了整被子。被子其实裹得很严实。男人回到自己的房间。

睡意突然降临到男孩的小脑袋里。男孩伴着脑袋里不停转动的摩天轮沉沉地睡去。

早上男人醒来时，他感到有一样东西贴着自己的身体。那东西散发出一股子热力。当他意识到是男孩躺在自己的床上时，吓了一跳。他迅速钻出被窝，披上衣服，站在床边看着那孩子。男孩还在沉睡中，他的小脑袋和右手探出被窝。男人看了好一会儿，他想起客厅墙上的照片，眼中泛出朦胧的雾水，他别过头去，长长地吸了一口气，好像以此可以平复身体内的某个隐疾。他调整了一下情绪，弓下身子，把男孩的右手放入被窝里，然后把被窝整严实了，不让寒气侵入。沉睡中的孩子神情安详而甜美。让他继续睡吧，大概昨晚在摩天轮上看演唱会，他又是比划又是喊叫的，累坏了。孩子就是能睡。

他得上班去。刚才他替孩子做了早点，八只从超市买来的饺子。他拿出记号笔和纸，写了几句话，让孩子记得吃桌上的饺子，出门后要把门锁上。他把纸放在床头柜上。他想，除非孩子是瞎的，不然应该看得到。他快要出门时，沉思了一下。他又拿起笔，在那张留言上面补了一句话："下次要是周杰伦来永城开演唱会，你来找我，我替你买张门票。真正的门票，不是黄牛的假票。"这句话比刚才那些字要大，看上去很醒目。他严肃地看了眼那几个字，然后把纸放在原来的地方。

男人在印刷厂工作。从前印刷品的设计和工艺是个技术活，印刷工序相当繁复，单是图案的印刷技术，就需要绝对的精细，需要一层一层上色，印刷几次才能完成。电脑普及后，原来的技术都废掉了。男人日复一日地操纵着印刷机，只要按几个开关即可，不需要动任何脑子。

昨夜的积雪开始融化。那些主要马路上，养路工人们已把雪铲在一边，露出潮湿的柏油路面。雪高高地堆在路的两边。人行道上踏出成串的脚印，结成了硬硬的冰块，有点儿滑，得小心行走才行。

在路过永城第一医院时，一群人围在一起打一个年轻人。后来他们说那是一个小偷，被抓了。他从人堆里钻了进去，看到一个长相俊朗的年轻人。仿佛是他的英俊惹恼了他，他也对着那小偷的腰狠狠踢了几下。他看到那小偷蜷缩着，双手护着自己的头部。由于刚才的动作太过猛烈，他有点喘气。喘出的气在寒冷中迅速化成白雾。警车在这个时候过来了，车上跳下两个警察，把小偷从众人的围殴中解救出来。警察用手铐铐住了小偷。

他回到人行道上的墙边，他感到自己的身子在一点一点下滑，最后重重坐在雪地上，掩面抽泣起来。他想控制自己，但控制不了。冰冷的空气令他有一种窒息感，他不停地喘着粗气。

边上聚起围观的人。有人问他怎么了。他并不领情，骂道："管你们屁事啊。"那人骂了一句"神经病"走了。人群慢慢散去。

他想他真的像一个神经病。他恨这个世界。他们夺走了儿子。他不能原谅他们。

他担心自己今天难以控制好自己的情绪，拿出手机向厂里请了假，同时拜托同事帮忙顶一下自己的班。

他往回走。走进市中心广场后面那条狭长的巷子时，他看到有一个孩子正走向他，他想跑过去拥抱他。是幻觉。街上空无所有，只有白白的积雪。

他打开自家的门，走进自己的卧室。孩子已经不在了。他写的那张字条也不在床头柜子上。桌子上的饺子吃掉了。他觉得有些遗憾，他很想男孩这会儿还在屋子里。屋子里有一个孩子，这屋子就是活的，不再那么死气沉沉。

他关好门。屋子暗了下来。他看到阁楼里透出一道光亮，他的心提了一下，很快地跑到阁楼上。

阁楼的门敞开着。阁楼上的物品没有动过。那部老式的印刷机，那个依旧需要靠技术一层一层往上加色的印刷机还在机床上，没动过的痕迹。甚至那些印刷品还放在原处，好像压根儿没人来过似的。男人知道，那个男孩上来过了。他深吸一口气。他有不好的感觉，或许一会儿麻烦会来。

男人似乎担心印刷机坏了，用手操作了一下。一张簇新的演唱会门票从机器里吐了出来，票子落在那堆早先做成的票子上。男人抓了一把，塞进口袋。男人想了想，又把所有的图案和票子都收了起来，塞进一只竹编的筐里。一会儿，男人从阁楼里走了下来。

到了楼下，他拿来刚才煮早餐的炉子。男人把那些印刷品一张一张放到炉子里烧。他的怀中抱着儿子的照片。那是他刚刚从墙上摘下来的。男人的眼中蕴满了泪水。他想，他的心太软了，他着了魔似的，喜欢上这个孩子，昨天晚上，他本来打算把孩子丢在摩天轮上就走掉的，但他还是转了回来。

男人站起来，打开手机音乐，播放起一首歌曲。男人说："这是你最想听的歌曲，周杰伦的《双截棍》。"

男孩正攀援在阁楼窗子外面的墙上，幸好墙面风化得厉害，让他的手和脚有攀援的地方。孩子攀援在上面的样子看上去像一只被拍死在墙上的壁虎。天太冷了，男孩的手脚有些发麻，他低下头看了看小巷的路。他处于很高的位置上。不过下面有厚厚的积雪，看上去像落在地上的一动不动的白云。

音乐从楼下传到男孩的耳朵里。虽然不是太清晰，不过还是能听出旋律。男孩喜欢这首歌曲。

一会儿男孩从攀援的地方掉了下来，重重摔在雪地上。正在扫雪的一位老太太被这个从天而降的小孩吓了一跳。她拍了拍自己的胸口，说：我以为见到了鬼。说着向男孩走去。

男孩的脚一阵酸痛。他以为自己的脚折断了。老太太摸了摸男孩的脚。老太太的手有魔法似的，一会儿男孩的脚就好了。也许同老太太没任何关系，是时间让疼痛过去了。男孩试着走了一下，并无大碍。

老太太说："刚才我以为见到鬼了，你不知道吧，这家的孩子是摔死的。你肯定不知道，因为你是个小偷，偷了东西从上面跳下来是不是？"

男孩想，他就是想偷，这家也没值钱的东西，除了那些假的演唱会门票。或许那台手工印刷机值点儿钱，可他哪里搬得动。男孩把每一只口袋翻出来给老太太看，证明自己不是个小偷。他甚至把羽绒服打开来证明里面也没藏着东西。

男孩问："这家孩子是从上面跳下来摔死的？"

男孩看了看阁楼，并不高，要是跳下来摔断腿是可能的，摔死怎么也不可能。

老太太不住地摇头，她指了指远方，说："这家的儿子就是从那摩天轮上摔下来的。他们说是被活活摔死的。"

男孩看了看远方，从这里看得到体育场边上的游乐场，那摩天轮高高耸立在体育馆西侧。他吓了一跳，昨晚，他就在那儿观看了整场体育场内的演唱会。

"是摩天轮出了故障吗？"男孩问。

"唉——"老太太长长地叹了一口气，"不是这样的，是他儿子想看演唱会，偷了老子的钱，结果从黄牛那里买到一张假票，演唱会没看成，就偷偷溜进游乐场，爬到那家伙上面，听说那上面可以看得见演唱会。他爬到最顶上那位置，可谁能想到呢，那大家伙突然转动起来，他儿子从上面摔了下来，摔死了。"

男孩记起来了，两年前确实有一则新闻，周杰伦来永城开演唱会，有一个孩子因为看不到演唱会摔死在了游乐场。

一股酸涩的东西塞住了孩子的喉咙，让他无法呼吸。

男孩离开小巷时，脑子是混乱的。他像一个喝醉了酒的人，处在晕眩状态。他都不知道自己是怎么离开那条小巷的。等他的意识回来时，发现自己正路过西门派出所。

男孩的手中拿着那个男人留给他的字条。他一边走，一边看着那几行字。字体非常漂亮，几乎像印刷体一样。男孩想，他是搞印刷的，连假票都做得出来，字当然可以写得很好。

"下次要是周杰伦来永城开演唱会，你来找我，我替你买张门票。真正的门票，不是黄牛的假票。"

昨天半夜他爬到男人床上，男人的身体和被窝都是暖和的。

一辆警车在派出所外停了下来。车上跳下两个警察，其中一个警察带着一个年轻人，手铐的一环扣着那年轻人，另一环扣在警察手腕上。那年轻人满脸是血，应该刚刚被人揍过。男孩猜想那人可能是个小偷。人们通常只敢揍小偷，对别的罪犯则碰也不敢碰。男孩发现小偷有一张帅气的脸。这张脸让男孩想起昨晚的歌星。当然不是同一个人。男孩对自己说。

警察朝男孩这边张望。警察认出了男孩,叫住了他。男孩紧张得要命,他怕警察审问他,怕自己不小心说漏了嘴。那样的话,警察也许会去抓那个男人,他会因此进牢里吗?男孩愣在那儿,不知如何是好。

警察远远地训斥他:"喂,你昨晚去哪儿了?你奶奶一宿没睡,到处找你呢,她都来报过警了。你愣着干什么,还不快回家!"

小满

白天，隔壁赵老板家的姨娘会来大屋坐一会儿。喜妹不喜欢她来，她一坐下，就会讲主人家的事。

"我们家女主人昨晚和赵老板吵了一宿，"隔壁姨娘神情诡异，"晓得哦，赵老板又换了个小姑娘，才十六岁，都有了。"

喜妹的心沉了一下，目光不由得看大屋墙上的照片。照片里的年轻人微笑着，俊美的脸光亮亮的，好像上面涂了一层金子。

隔壁姨娘顺着喜妹的目光看过去，表情也变得严肃起来，"你家太太——啧啧，什么年代了，叫太太，亏你叫得出口——你家太太快五十了吧？"

喜妹老派，一直叫东家为先生和太太。这是娘教她的，娘以前也是做姨娘的。先生开始不适应，说叫老白就可以，但喜妹坚持这样叫。太太倒是坦然接受了这叫法。

喜妹一脸茫然，难过地转向窗外，好像照片上的孩子这会儿正在窗外明亮的天空上看着她。二十年前，她来到大屋做姨娘，孩子是她一手拉扯大的，她在他身上花的心血比在亲生儿子国庆身上花得还多。

"你们家先生是好人，不像我们家赵老板，花花肠子，只是可惜了，白白留下这万贯家产，以后给谁呢？"隔壁姨娘说。

这话喜妹不爱听，先生家的不幸轮不到隔壁姨娘来说三道四。

隔壁姨娘并没察觉到喜妹的不悦，她看着墙上孩子的照片："含着金汤匙生出来的人，可惜没福消受。"

说完，她站起身夸张地掸了掸袖子，走了。袖子上并没有灰尘，好像这屋子里有晦气，怕沾染上她似的。

太太心情不好，先生带着太太去塞班岛散心了。喜妹一个人守着大屋。伺候人惯了，突然闲下来，心里面空落落的。她每天打扫大屋三遍，打发时间。有一天打扫孩子的房间，她偷偷翻看一本相册，看到相册里一张孩子吃奶的照片，当即瘫倒在地。照片里那个喂奶的人只是个局部，孩子不会知道，他叼着的是她的奶子。当年她抛下自己的儿子，把奶水都给了这个孩子。她看着他长大，长得那么漂亮，可突然就不在了。喜妹一直清晰记得孩子吸她奶头的感觉，心里面格外疼爱这孩子。她替先生难过，中年丧子，谁能受得起这打击？

敲门声把她吓了一跳。她赶紧擦掉眼泪，来到大门前，透过猫眼，她看到一个瘦高个站在门口，由于猫眼变形效果，他身上的西服看上去像一件长衫，显得吊儿郎当。

她紧张地打开门。国庆鞋也不脱，大步进了屋，然后一屁股坐在沙发上。

"你怎么来了？叫你不能来大屋的。"每次儿子进城，她总是让儿子住在小旅馆，然后做贼似的去看他。

"白老板又不在，你怕什么？"

"谁告诉你的？"

"你以为我是傻的？"

国庆从口袋里掏出皱巴巴的劣质纸烟，摸了摸口袋，没找着打火机。

"这屋里不能抽烟。"

国庆没来过大屋，但他仿佛熟识这里的一切。他径直走进厨房，打开煤气灶，灶火很猛，儿子侧着头，点着了烟。在灶火的映照下，她看到儿子苍白的脸上有一条若隐若现的伤痕。

"又打架了？"

国庆皱了一下眉头，沉闷地吸烟，不说一句话，也不瞧一眼母亲。

"输了多少？"

国庆伸出一个指头。

"一万？"

"十万。"

"什么？你不是说会改好的吗？你怎么又去赌！"

这次喜妹再也控制不住了，她拿起拖把，打儿子。

"你个败家子，我打死你。"

国庆站在那里一动不动，任母亲打，好像他早已习惯了棍子。

最终是喜妹崩溃了，她无力地把拖把丢在一边，气得浑身发抖。

"他们在等我，"国庆指了指远处，"你不给我钱，他们会弄死我。"

"我哪里有那么多钱？你当我在挖金矿？让他们弄死你，我也好省省心。"

国庆沉默不语，嘴上的烟火亮了一下，烟头上长长的烟灰落在地上。国庆看了看大屋，指了指墙上的照片："他和我同岁？"

喜妹低头不语。

"看起来比我年轻多了，妈的。"

国庆把烟蒂扔在地上，用脚狠踩了一脚。

喜妹容不得屋子弄脏，"你别乱扔，这不是乡下。"她拿起拖把擦了一下，然后去卫生间放好。出来时，儿子已经不在了。

她的心突然揪紧了。这不像国庆的做派。平常要是没从她这儿抠出钱来是不肯走的。这反常倒让她不安了。十万块，她不吃不喝得做五年。他哪里去弄这么多钱？

她的脑子里出现儿子走投无路的情形。她不敢想象他们怎么对待他。

第二天，喜妹收拾孩子的房间，发现放在抽屉里的一只金表没有了。她站在那儿，有半天缓不过气来。

一个月后，先生和太太从塞班岛回来了。太太晒黑了一些，气色也好多了。

喜妹见到主人，不由得紧张。那只丢失的金表让她觉得自己像一个小偷，做姨娘的最重要的一条就是要手脚干净，要是主人发现了，她怎么说得清，一辈子的清白都没了。

这天晚餐，喜妹烧了不少太太爱吃的菜，先生和太太吃得很香。看得出来，太太的悲伤减轻了些。太太吃的时候，不时看着喜妹，眼睛亮晶晶的，还带着笑意。喜妹却不敢正眼瞧太太。

晚饭后，喜妹刚收拾停当，太太就把她拉进房间。先生出门去了，屋子里只有她俩。喜妹的心怦怦跳，难道太太发现金表丢了吗？如果太太摊牌，她不知道该如何解释。

太太没问表的事，竟问起喜妹老家的情况。太太很少问喜妹家事，喜妹担心太太是绕着弯子，最终会说到金表上。

太太说出自己的用意时，喜妹一时没有反应过来。不过喜妹是聪明人，很快明白了。喜妹长长地舒了口气。喜妹马上想到了小满，同太太说了小满的情况。太太点点头。

"明天，我们去看看。"

那个死了儿子的疯女人站在村头的香樟树下奇怪地打量着她们，脸上挂着仿佛是看透一切的笑容。喜妹对太太说：每年春天，她都要发作，很可怜。

喜妹没把太太带到家里，直接去了小满家。

小满家在一座山脚下。老家是穷地方，小满家更穷，屋子是用石块垒起来的，然后用黄泥抹了一下，屋顶的瓦也好久没整了，歪歪的，遇到刮风下雨，肯定漏水。小满有一个哥哥，三十多了，在不远处的一棵树下，面无表情，奇怪地瞧着她们。

快到小满家时，一个女孩子从屋子里出来。她穿着一件白底红色细格子衬衣，下着一条灰长裤，身材饱满，脸蛋圆圆的，脸上有一块健康的红晕。

喜妹对太太说："她就是小满。"

太太站住了，上下打量小满。

小满大概知道有人瞧着她，红了脸，低下头。喜妹叫了她一声：小满，不认识姑了？小满吃惊地抬起头来。她的眼很大，和善的眼光里有那么点儿慌乱。乡下姑娘见到陌生人都这样。看到这双眼睛，喜妹就踏实了。小满没变，还是从前的样子。毕竟是只有二十岁的姑娘。

小满见是喜妹，腼腆地笑了笑，轻轻地答道："姑，你回来了。"

喜妹点点头，向她介绍太太："这是我家主人。"

小满笑笑，笑得很天真，站在那里，有些局促。

太太比任何时候都和善，笑眯眯地看着小满，还拉住了小满的手，说："这孩子，真水灵。"

小满不适应这亲热，她显得既害羞又有些迷惘，一会儿看喜妹，一会儿看太太。喜妹说："小满，你放心吧，太太只是夸你。"

小满点点头。

太太对小满很满意,对喜妹交代了一番后,提早走了。

喜妹留在了老家。儿子还是不在家。喜妹问他爹:国庆究竟哪里去了?怎么老是不回家?老头一脸讨好地对喜妹笑,不回答。喜妹讨厌他这样子,同儿子一模一样,真是有其父必有其子。喜妹知道老头想要她兜里的钱。喜妹不给他。他一旦拿到了钱,那张脸就拉长了,像个债主,好像她这辈子都欠了他似的。喜妹知道他心里面对她挺不满的。喜妹叹了口气。

"我担心国庆。他这样下去总有一天要吃牢饭。"

老头子还是笑眯眯的,抽着卷烟不说话。

"你还有心思笑,他来大屋偷了主人家的金表,你知不知道。"

"我知道。"老头儿抽了一口烟,"他当了,值钱,回来给我买酒孝敬我呢。"

"当了?天哪!"

傍晚,喜妹找到小满爹,把太太的意思说了。昨天晚上,太太同喜妹谈,喜妹没敢告诉太太,小满是她远房侄女。她怕太太认为她有小九九,肥水不流外人田。现在,太太满意,这就不是问题了,亲戚反而好说话。

"二十万元不是小数目,有了这笔钱,你们家就发了。你这房子也得翻修了，你儿子等着娶老婆呢，再拖下去要耽误了。"喜妹晓之以理。见小满爹沉默不语，喜妹又补充道："事情顺利的话，我家主人还会再加的。我家主人出手很大方的。"

不出所料，小满爹答应了。毕竟有这么一大笔钱，付出这点儿代价也是值得的。

"得问问小满。"小满爹说。

"小满孝顺，你做主就成了。"喜妹说。

喜妹觉得自己做了一件好事。这事儿可以解决先生一家的问题，也可使小满一家受益。喜妹想，她这是在积德吧。积德总是好的，菩萨看得到的。

"事情完了，谁也看不出来的。小满还像从前一样，你们家发财了，这样的好事哪儿找去？"

按预先安排好的，喜妹把小满带到了城里，把她安顿在大屋附近一间两居室的小房子里。小满很茫然，看得出来她对接下来要发生的事心里没有底。

喜妹说："小满，你住这儿，你不要慌，姑会来照顾你的。"

小满点点头。

喜妹不知道这件事别人怎么看，她觉得先生真是个大好人。这世道，她见得多听得多了，有点儿钱的人哪个不坏呢，像先生这样的男人不多了。这个小区都是富人家，姨娘们说起主人的事来，那真是让人讲不出口。有些男人还占姨娘的便宜呢！不过喜妹从不说主人家的事。做姨娘的怎么能在外面嚼主人家的舌头呢？

只有像先生这样的好人，才会想出这个办法。太太虽然老了，先生却从来没有花花心思。本来嘛，这件事情要简单得多。要生一个孩子还不容易嘛。先生有钱，先生正是盛年。但是先生要绕一个大弯子。喜妹不懂医，太太同她说时，才知道生孩子还有那么多花头，这样的事，乡下人想也想不到。太太说，医生将把先生的种和太太的种结合了，再弄到小满的肚子里。

先生、太太带着小满去了一趟上海，喜妹也跟着去了。可是到了医院，小满突然反悔了，死活不肯做，好说歹说都不听劝。她坐在那儿，低着头，死死盯着地面，好像目光变成了一只桩子，把她固定在了那儿。喜妹第一次感到小满的固执，她感到脸上有些挂不住，觉得小满太不懂事了。喜妹一把抓住小满，把小满拖进手术室。

喜妹说："你家等着钱盖房，给你哥娶老婆呢。"

手术完后，喜妹和太太进去。先生留在门口。小满躺在床上脸色苍白，疼得满头大汗。

看到喜妹，小满就大哭起来，无比悲伤："姑，我要死了，我疼死了。"

喜妹紧紧抱住小满："小满别担心，一会儿就好了，没事的。"

小满也抱紧喜妹，哭得喘不过气来，喜妹听到了小满的呜咽："姑，我一个大姑娘，以后还怎么嫁得出去啊。"喜妹觉得自己的心被揪了一把。

小满在医院住了三天。喜妹照顾她。小满起床，大概因为下面痛，走路都有些异样。喜妹觉得罪过，小满还没碰过男人呢，可已经不是处女了。

医生确认成功后，小满就从上海回来，住在那两居室小屋里。太太叫喜妹不要干别的事了，照顾好小满就好了。太太买了红枣、银耳、莲子等一大堆营养食品，让喜妹做给小满吃。

小满毕竟是乡下姑娘，心思简单，从上海回来后，已平静了，不再想太多，反倒是惦记起自己的肚子。

"姑，我一点儿反应也没有，肚子空空的，医生会不会搞错了？"

喜妹也担心这事。她不希望这件事搞砸。不希望小满这二十万元泡汤。二十万啊，哪里去赚？老实说，就是做一辈子姨娘也积不了那么多钱。小满拿到这笔钱，也该知足了。喜妹生过孩子，虽然是件苦差使，可女人健忘，你去问生过孩子的女人，哪个在乎生产的痛。若还像小满这般年纪，这好事她也愿意！

喜妹让小满不要担心，住在这里当享福好了。小满点点头。

小满没有什么好照顾的。乡下人，肚子里有货了，还得去农田劳作，哪里来这么多讲究？小满肚子里虽然有先生的种，小满还是小满，她不是千金小姐。不过做姨娘的，得听主人的话，主人把小满托付给她，喜妹得照顾好。

小满是识相的人，争着要干活儿。喜妹让她坐着，不要动。小满说："姑，你这样侍候我，我哪里担待得起。"

"我不是侍候你，我是侍候你肚子里的种。"喜妹说。

每天吃得这么好，睡得这么足，一个星期后，小满就胖了，脸变得细白滋润了。

"姑，一辈子没人这么宠过我。"

喜妹笑笑。

小满又问："他们真的会给我这么多钱吗？"

喜妹不高兴了，冷冷地说："不会少你的。"

小满是会察言观色的，见喜妹不高兴，讨好地说："如果他们真给我这么多钱，姑，我给你一万。"

喜妹的脸拉长了："姑不要你一分钱。"

小满露出难堪的表情，站在一边可怜巴巴地看着喜妹。喜妹知道小满心地好，只是有些傻，所以原谅了她。喜妹笑着说："只要你日子过得好，姑就开心。"

一天，喜妹从菜市场回到大屋，隔壁姨娘跟了进来。

"喜妹，这些天你神出鬼没的，到哪里去了？"

喜妹说："我天天在。"

隔壁姨娘目光明亮，好像眼睛里装了一盏探照灯。

"我听说你家先生养了个小？你在照顾那小的？"

喜妹吃了一惊。原以为这事捂得严严实实的，终究还是传出去了。传出去倒也罢了，没什么见不得人的，可这些八婆，什么事到了她们嘴里都会走样。

"别胡说八道，没有的事。"

喜妹不想解释。越解释闲话越多。喜妹把隔壁姨娘推出门去："我得干活了。"

隔壁姨娘没走，从她脸上的表情知道有话说。喜妹猜到隔壁姨娘积了一肚子赵家的私事。喜妹能管住自己的嘴，但她还是喜欢听的。喜妹假装不理她，擦桌子，但耳朵竖着。

"我们家老板外头得罪人了。昨晚回来脸都破了，身上都是血。"

"赵老板怎么了?为女人的事?"

"要是为女人的事就好了。这些有钱人,你以为随随便便能发达的?都有事。"

隔壁姨娘看上去很忧虑,说话吞吞吐吐的,不如往日爽快。看来是真说不出口。隔壁姨娘目光明亮地看了喜妹一眼:"听说你家主人是做古董生意发起来的?"

喜妹不会讲主人家的事。

"古董怎么来的知道吗?坟头挖来的,伤了阴德。"隔壁姨娘看了看墙上的孩子,"难怪儿子出这种事,好端端的,被汽车撞死。"

听了这话喜妹不高兴了。她听不得别人这样议论孩子。这次,她板起脸,说:"别胡说了,不作兴在大屋说这话。"

隔壁姨娘撇了撇嘴,讪讪地往门外走。

屋子暗了一下。门口出现一个高瘦的身影。喜妹抬头一看,是国庆。好久没见到儿子了,喜妹愣了一下。国庆这次穿得很体面,上身的衣服是金色的,亮得刺眼,还戴了一副墨镜,左手中指上套了一个大大的金戒指。

隔壁姨娘问:"你是谁啊?"

国庆抽了一口烟,吐到隔壁姨娘脸上:"你管得着?"

隔壁姨娘用手扫了扫眼前的烟。隔壁姨娘走远,喜妹才说:"你终于来了,我到处找你。"

"找我干吗?"

"我怕你变成死鬼。"

国庆不吭声,走进屋子,抬头瞧了瞧那年轻人的照片。

"你收拾收拾,跟我走。"

喜妹看了眼儿子,脸色十分严肃,有些装腔作势,似乎他转眼之间成了一个大人物。

"为什么要跟你走?"

"我养你啊。我发了,你不用再做姨娘了。"

"拉倒吧。瞧你那样子,跟你走我只能吃西北风。"

国庆皱了一下眉头。喜妹伸出手:"还我。"

"什么?"

"金表啊,你偷走的金表。"

"我没偷。"国庆微笑着撇了撇嘴,指了指墙上的照片,"是他手上的那块?"

"你要是不还回来,我怎么向先生太太交代?"

"有你什么事,又不是你偷的。"

喜妹气得浑身发抖。这事儿她落了心病了,总觉得对不起主人家。

"你怎么这么说话？你还要不要脸？"

国庆冷冷地看了看喜妹，把烟屁股丢到窗外。

"你真不想跟我走？"

喜妹一脸悲伤："我怎么生了你这个无赖。"

国庆不高兴。他阴沉着脸，又看了看墙上的孩子，回头淡淡地说："你难道想在白家待一辈子吗？我告诉你，有钱人没一个好东西。"

那块金表成了喜妹挥之不去的心病。有一天，喜妹见太太在孩子的房里整理床铺。喜妹进去，泪流满面。太太问：怎么啦？喜妹把丢了金表的事讲了出来。太太一脸迷惑，说：我记得那只金表是随葬了的啊。喜妹愣了一下，不再吭声。

小满的担心是多余的。四十天后，小满就反应激烈了。

她看见什么都觉得恶心，什么也不想吃。她时不时冲进卫生间，对着马桶，差点儿把苦胆都吐出来了。

"姑，先生太太待我这么好，我没福气，把一个月吃进去的都吐出来了。"

"傻丫头，做女人都这样的，熬一熬就过去了。"

喜妹把喜讯报给太太。太太很高兴，当即要去看小满。

太太进门时,眼睛是亮晶晶的,盯着小满的肚子看。小满的肚子当然还是瘪瘪的。没那么快的啊。太太坐在椅子上,让小满过去,然后伸出手去摸小满的肚子。小满的肚子上起来一层鸡皮,汗毛一根根竖起来。

太太说:"你想吃什么,尽管说,你不想吃,也要吃点下去,吃下去才有营养。"

小满点点头。

"这件事辛苦你了。你一定要把肚子里的孩子照顾好。好在我们是亲戚,有什么话都可以沟通。我和老白真的非常感谢你,小满。"

小满被太太的诚恳打动了,眼中有雾一样的东西洇开来。

喜妹连忙说:"小满你可别哭,要高高兴兴的,当心动了胎气。"

太太似乎真的过意不去,幽幽地说:"我年纪大了,生不出来了,实在是没办法,让你受苦了。"

先生也来看过小满一次。先生独自来的,她们没任何准备。小满只穿了件棉毛衫,因为孕期,小满的胸有些胀,没戴乳罩,小满的胸绷在那里。小满难为情了,慢慢地把身子缩进被窝里。她大概怕自己形象不好,下意识去理乱蓬蓬的头发。小满的发质真是好,乌黑闪亮,一理就整整齐齐的。

先生一直看着小满的肚子,没有说话。先生在大屋话也不多。不过他是个温和的男人,脸上总挂着淡淡的笑意。喜妹喜欢先生的笑容。喜妹见到先生的笑容就满心暖意。

先生走了之后,喜妹和小满经常谈论先生。喜妹喜欢谈论先生,喜妹觉得先生什么都好。以前先生会瞒着太太偷偷塞点儿钱给她,她受宠若惊,幸福得颤抖。先生品性好,乐善好施。有了一个话头,日子就好打发了。

"他做什么生意?"

"先生做的生意大了去了。洋房、商店、服装,什么都做的。我也说不清。"

"那他是不是百万富翁?"

"他哪里只有百万,他如果只有百万,他会给你二十万?"

"他有多少钱啊?"

"我不知道,我听隔壁的姨娘说,我们家先生比香港的大老板还有钱,城里最高的大楼就是我们家先生的。"

小满叹了口气,说:"天哪,这么多钱。"

"哪天我带你去看看大楼。"

"先生就住在大楼里吗?"

"有钱人不住大楼,住小洋房。"

"要是我就住大楼,最高一层,可以看得很远,兴许能看到我们村子呢。"

"傻瓜,怎么看得见。"

小满像是被自己的想象迷住了,独自傻笑起来。

"先生以前也是很穷的。我听太太说,先生以前帮人做古董生意,刮风下雨去乡下收集古董,虽然很辛苦,但也只得到一点儿工钱,大钱都让老板挣去了。后来才做起生意,发了。"

小满听得入迷,看着喜妹,希望喜妹说得更多。

"先生苦出身,所以很节约的,连吃剩的菜都舍不得倒掉。"

"他赚了那么多钱,吃也舍不得,要那么多钱干什么?"

"我不知道。有时候我想先生是个小气鬼,可有时候又觉得先生也是挺大方的,他捐了好几座学堂呢!"

"先生这么好心啊。"

"如果不是好人家,我会把侄女介绍给他们吗?"

小满不自觉露出受宠若惊的表情。

"等你把孩子生下来,先生高兴了,让他出钱给村里造一条马路。"

"嗯。"

有一天,她们谈先生的时候,小满问:"先生多大了?"

"五十多了吧?"

小满惊叹道:"天哪,真看不出来,他好年轻啊。"

喜妹给小满带去先生的年轻时候的照片。

"先生年轻的时候还挺好看的噢,帅小伙呢。"小满由衷道。

"这人吧,有没有福分,面相上是看得出来的。小满你以后找男人,要找面相周正的,跟着贼头贼脑的男人,肯定要吃苦的。"

此刻喜妹脑子里浮现儿子的面容,叹了口气:"姑是过来人,见多了。"

虽然先生太太让喜妹只要照管好小满就可以了,她还是两头跑着,一头也没有落下。

赵老板家进了"小偷",把隔壁姨娘给杀死了。是太太告诉喜妹的。太太说,邻居们都在传是仇杀。赵老板早先得罪过人,黑道找上门来了。

"隔壁姨娘很忠心,死活不肯放过小偷,结果被捅了几刀。"

这天，太太有点儿恍惚。太太坐在沙发上，手握遥控器一次次换台。平时太太可不是这样的，她喜欢看戏剧台，电视机总是飘出京腔。做姨娘的平时不好看电视的，但喜妹喜欢老戏，在干活时这样听听也是好的。太太今天是怎么了，她这样换台弄得喜妹也心神不宁起来。

一会儿，太太说："最近这地儿老是出事。"

太太看了看喜妹，欲言又止。

太太又换了一遍台，然后关了电视，转头问喜妹："你相信报应吗？"

喜妹点点头。她不清楚太太为什么问这个。太太看上去心事重重，脸上又出现了孩子刚死时的那种阴郁。

喜妹替太太找来小满后，太太和喜妹的话比先前多了，有事也找喜妹商量，所以喜妹斗胆问："太太，有心事吗？"

太太拉住了喜妹，说："我想去一趟寺院，但我不懂怎么拜佛，你教教我怎么做。"

喜妹点点头。

太太是知识分子，城里人，不知道佛事的规矩。喜妹从小看着娘做的，知道这一套。

"求什么呢？"

太太摇摇头，说："我心里慌。"

准备去寺院的祭品时，太太断断续续同喜妹讲了一些过去的事。

太太说："先生早年同人做古董生意时，曾遇到过一件怪事。一个下雨天，是晚上，先生一个人在山路上走。夜很黑，连雨丝也是黑的，先生打着手电。这时，有一个人突然跟了上来……"

喜妹听到这儿，不知怎么的想到了鬼，她问："是谁呢？不会是鬼吧？"

太太愣了一下，先是点了点头，然后又摇头，说："那个人要抢先生的东西，和先生打了起来，后来那个人从山谷滚下去了。"

"死了吗？"

"不知道。"

"后来呢？"

"后来，先生常常觉得那人跟着他。"

不知怎么的，听到这儿喜妹汗毛竖了起来。她说："我们挑个好日子，去寺院拜拜吧。"

小满听说喜妹要陪太太去寺院，也想跟去。虽然喜妹每天傍晚陪小满在屋外走，但大多数时间是在屋里，日子长了闷得慌。喜妹同太太说了，太太爽快地答应了。

先生的司机开车送她们去寺院。小满本想坐在前排,太太却一定要小满同她一起坐在后排。山路不太平,汽车有点儿颠。太太的手紧攥着小满,唯恐小满动了胎气。太太要司机开得平稳一点儿。喜妹说:小满,太太就是对你好。小满乖巧地点点头。

寺院在离城不远的一个山谷里面,香火很旺。喜妹喜欢闻香火气味,闻着觉得自己的经脉都疏通了,满心欢喜。太太的脸上有些恍惚,又有些盼望。喜妹让太太和小满在寺院门口等着,自个儿去买香具和香火。喜妹觉得白家备个香具是好的。

拜佛的时候,太太显得很笨拙,小心地模仿着喜妹的动作行礼,生怕有一点差错。这让喜妹感觉很好,仿佛在佛爷面前她成了太太的东家,一下子气势逼人了。小满倒是挺熟练的,拜得虔诚,头都磕出了红印子。喜妹不知小满在求什么,她只求小满肚子里的孩子健康出世。最好生个男孩,这样白家就有香火了。

有一个小和尚来到她们边上。小和尚一眼看出三人中太太最贵。他对太太说,刚才大和尚路过,大和尚有话和太太说。

太太不知如何是好,惊慌地看着喜妹。喜妹笑眯眯道:好事儿,太太的心事和尚会点化的,会会大和尚是好的。太太不愧是太太,这会儿的表情是喜妹熟悉的模样儿了,压得住阵脚。喜妹想,这表情做姨娘的一辈子学不来。

她们跟着小和尚穿过一道狭长的回廊,再向左穿过一个小天井,然后到了一座小楼。一个大和尚闭着双眼在那儿打坐,四方脸,大耳垂,肤色红润细腻,宝相庄严。

大和尚见三人进来,态度和蔼。大和尚让她们坐下,然后说:刚才看见你们,想同你们说几句话。

太太客气地说:"请师父指点迷津。"

大和尚呵呵一笑,道:"你家先生身体不太好,让他看开些。"又指指小满,"这肚里的孩子可了不得,将来大富大贵。"

小满听了这话,脸上放出光来。她不自觉摸了摸自个儿的肚子。小满的肚子还没显出来,这和尚竟看出来了,必定是高人了。太太是亦喜亦忧的表情,想对师父说什么,又欲言又止的样子。喜妹明白太太不想当着她和小满的面讲,喜妹就对小满说:我们出去吧。大和尚也没留她们,态度和善地站起来送喜妹和小满。小和尚也跟着出来,然后轻轻关上了门。

走到半道,喜妹发现忘了带装香具的香袋,刚才进小楼时她放在门外的,就折了回去。刚到小楼前,听到太太在哭泣。喜妹隐隐约约听到太太在和大和尚说先生的事，那个雨夜，从山谷滚下去的是先生的老板，先生拿走了老板的东西。

喜妹听得心惊肉跳，连声说"阿弥陀佛"。

过了半个钟点，门又开了，太太出来了，她的目光有些闪烁，没有和喜妹交集，脸上的表情像做梦一样，好像她的灵魂被那大和尚掳走了。

她们快出寺院时，太太站着愣了会儿，说："我再去烧炷香。"

小满有些不解，说：刚才不是烧过了香了吗？喜妹说：太太自有她的道理。小满不再吭声，跟着去了。

这次太太熟练多了，礼佛的动作有模有样。跪拜完毕，太太往功德箱塞了厚厚的一沓钱。

上小车时，太太比来的时候平静多了，还是要小满坐在她边上。汽车在山路上开，一路无话。坐在前排的喜妹通过车内后视镜看到小满摸着自己的肚子，神秘地笑着。

小满的肚子终于隆了起来，眼睛里开始流露出做娘的样子。她站在镜子前，把衣服撩开，转来转去看，眼睛亮晶晶的。她看着微微隆起的肚子，对喜妹说："姑，大肚子也蛮好看的噢。"

"丑死了。"

"姑,你说我儿子会像谁?"孕检时,医生已告知是个男孩。

"他不是你儿子。"

"你说会像谁嘛。"

"当然像先生啊。"

"也许像我呢。"

"你别胡说。"

正说着话,小满突然捧着肚子,一动不动,然后一惊一乍道:"姑,动了,动了,小东西踢我呢。"

听说小满有了胎动,先生在太太的陪同下过来了。这是先生第二次来小屋。

那天先生的眼睛放着光,似乎又有点儿不好意思。太太让先生去听小满的肚子。先生显得有些束手束脚。小满倒是大方,站在那里,笑吟吟地撩起自己的睡衣,露出雪白的大肚子,连奶子都露出半只。喜妹连忙把小满的奶子遮住。

"听到了吗?"太太问。

先生摇了摇头。

这时,肚子里的小家伙踢小满了,大肚子鼓出一团。小满一脸幸福,说:他踢我呢。先生看到了,在一旁竟流出眼泪来,连声说:好,好,小满是白家的有功之臣。看到先生这么高兴，喜妹也差点儿掉泪。

先生从口袋里拿出一个玉手镯，递给小满。一旁的太太有点儿吃惊。太太手上戴着一只玉镯，和先生送小满的一模一样。太太不解地看了看先生，有些不悦。小满不好意思接受，看着喜妹。喜妹说：小满，这么贵重的东西，要不得。先生硬是塞给了小满，小满怯生生地接受了，看得出来她的喜悦，只是遏制着。喜妹是有些嫉妒的，自己在大屋辛苦了快二十个年头，先生没送过她这么贵重的东西。

那天，先生和太太走后，她们又议论了先生半天。喜妹说：小满，你生下这个儿子后，你以后也是贵人了，先生不会亏待你的。小满一脸憧憬地点点头。

有一天，喜妹和小满闲聊。小满说起那次寺院之行。小满说："姑，和尚说我肚子里是个贵人，你说我儿子将来会干什么？"

"小满，我告诉你，肚子里不是你儿子。"

"瞧你，你就是认真，不是这样说说嘛。我知道啦……姑，你说他将来会干什么？"

"他啊，是含着金汤匙来世上的，干什么都不用我们想的。"

"你说他会当县官吗？戏里的县官老爷多威风啊。"

"白家的孩子，将来当市长也不奇怪。"

"天啊，当市长？这么多人都归他管，那他要忙死了。"

喜妹发现小满戴上了玉手镯后，一举一动学着太太的模样，不过学得不像，喜妹觉得有些可笑。太太有一次来小屋，见到小满这模样，脸黑了。不过太太就是太太，说话依旧是笑眯眯的，她说：小满，同你商量个事，这玉镯虽然是先生送你的，不过原本是我从娘家带来的……

没等太太说完，小满当即从手上把玉镯摘下来还给太太。太太一时尴尬起来，推托了一下，但最终还是收起来。太太说："家里还有一对南红的，我过几天拿来送你，也很值钱的。"

小满沉着脸，低头不语。

过了几天，太太送来一对南红。小满把南红放在一边，再没戴上。有一天，喜妹看到垃圾筒里有一对砸碎了的南红。喜妹感到惋惜，这么好的东西，小满不识货。不过她假装没看见。下午，小满对喜妹说："姑，我不喜欢太太。"

"要死了，我们做姨娘的不可以这么说主人的。"

"你是姨娘，我不是。"

"太太待你这么好，要记恩。"

"我不喜欢她,我替先生憋屈,守着这么个老女人。这女人命硬,把自己亲生儿子克死了。我担心以后对我儿子不好。"

"小满,不要乱讲,肚子里不是你儿子!"

小满突然生气了,她端着架子说:"姨娘,我想吃红烧狮子头。"

"反了你了。"喜妹说。

一次,喜妹替小满整床铺,发现在小满的枕头下压着先生的照片。喜妹慌了,心里直叫罪过。这是最要不得的,做下人的不可以有这样的心思。小满真不懂事,她是来挣钱的,不是来动感情的。不过,几个月来,她们成天谈先生,先生毕竟是个男人,小满又怀着先生的种,小满有些想法也是正常的。以后不能再谈先生了。

可能是小满吃得太好,肚子大得吓人。小满担心自己怎么把这么大家伙生下来。喜妹安慰她,肚子大不一定孩子大,里面都是水。喜妹还说:我从前生国庆时,倒不是太显肚子,后来生出个大胖小子。

也就是在那几天,喜妹接到国庆他爹的电话,说国庆被人打残了一条腿,没把命丢掉算万幸。喜妹想,她整日整夜担心的事还是发生了。她急得不行,回了一趟老家。国庆一条腿打着石膏,脸上也都是伤痕,头发还沾着好多血迹。看到国庆这个模样，喜妹挺内疚的，长年在城里做姨娘，真的没好好管教过儿子。喜妹泪流满面，可说出来的却是狠话："为什么不被人打死，打死了就用不着我操心。"

时间过得飞快，转眼就到了冬天，小满怀孕也有八个多月了。小满提出想去大屋看看。喜妹知道小满一直有这心思，她很想知道先生家是什么样子，想知道肚子里的孩子以后住什么样的地方。喜妹犹豫了一下，答应了。反正先生和太太也不在家，要是邻居问起来就说是亲戚。

先生家的豪华超出了小满的想象，把小满吓着了。那天，小满一进门就显得有点儿畏畏缩缩的。

"天哪，这么大，就他们两个人住？"

"马上会有宝宝住到大屋里来了。"

后来小满坐在先生家的客厅里，沉默不语。偌大的客厅里，她几乎是蜷缩在那里，既暗淡又渺小，好像这会儿她变成了客厅里看不见的尘埃。看着她这样子，喜妹有点儿可怜她，但转念一想，也好，省得她有什么痴想。

喜妹没想到太太回来了，看到小满，脸色大变。她把喜妹叫到一边："你怎么能带她来？她以后找上门来怎么办？"

喜妹没想到太太想得这么深，一脸愧疚。

小满惊骇地朝她们看。喜妹想，太太刚才的话她一定听到了。

回到小屋，小满一副闷闷不乐的样子。那天中午，喜妹做年糕给小满吃。小满不吃。喜妹命令道：白家的宝贝可在你肚子里，不能饿了他！小满白了喜妹一眼，犟道：我饿死他。喜妹教训小满："别说不吉利的话，对你有什么好处。你记住白家只是花钱买了你的肚子。"

小满不服气："他是我儿子！"

喜妹说："你昏了头了。"

小满说："他就是我的宝宝。"

喜妹回了趟大屋，回来后发现小满不在小屋里。喜妹急死了，她在小区四周的街巷、附近的公园满世界找，没有小满的影子。喜妹只好回家等着。直到天黑，小满才回来。喜妹长长地松了一口气。

小满生孩子的日子到来之前，天下起了雪。过了一夜，整个城市白皑皑的一片。先生安排小满住进了妇儿医院的一个包间。这包间非常安静，外人也进不来。小满搬去那天，天气很好，雪已停了，太阳照在雪地上，整个世界亮得晃眼，亮得让人心里暖和。想起一个孩子将要降临到这世上,喜妹就欢喜。想当年,喜妹生儿子时是多么欢喜啊!她不知道小满是什么感觉,小满看上去似乎有些惊恐。

一切顺利,小宝宝顺顺当当生了下来。喜妹跟着先生和太太进入产房。是个大胖小子,躺在医院的一只育婴盒里面,先生和太太看着小孩一脸欢喜。喜妹看到先生太太这么满意,比什么都高兴。先生和太太的注意力都在婴儿身上,喜妹看到小满疲倦地躺在床上,喜妹说,小满,你立功了。小满闭着眼睛,不说话。这时孩子哭了,喜妹连忙把孩子抱起来。小满睁开眼,让喜妹把孩子放床边,也不顾先生在,拿出奶子让孩子吃。孩子在奶子上拱了会儿,叼着奶头,不哭了。小满又闭上眼睛,不再看任何人。

太太原本想另请一个奶娘来乳孩子,让小满回家。喜妹怕新来的奶娘取代她,对太太说:"小满年轻奶水足,换一个人未必有小满好。再说小满总归要坐月子的,现在回老家给人说三道四也不好。"太太想了想,决定让小满乳一个月。

先生和太太每天来小屋看孩子。他们一见到孩子就欢天喜地,眼里除了孩子就没别人。中年得子,有谁不是这样的呢?小满不服。小满说:先生高兴的时候还看我一眼,那黄脸婆一眼不看我,不把我当人。头一个礼拜,小满还忍着,只是脸拉得长长的,看上去既落寞又不甘。后来,每次先生和太太来,小满就乳孩子,太太想抱抱也不能,抱起来,孩子就大哭,只好交给小满,弄得太太老大不开心。喜妹知道小满是存心的,先生和太太回家去后,喜妹骂道:"小满,你这样让我怎么做人?"

"我不喜欢她,不许她碰我儿子。"

"你搞搞清楚,这孩子同你没一点关系,他是先生和太太的种。"

小满一脸不屑:"我不信,她生得出为什么自己不生?"

"你脑壳敲瘪了是吧?你瞧瞧,孩子眉眼同太太一模一样。"

"我没看出来,他像我。"

小满抱着孩子,在孩子额头亲上一口,"宝宝像我,像妈妈,嘻嘻。"

喜妹听得汗毛一根根竖起来。

小满毕竟年轻,身体好,坐月子闷死她了,快满月时,小满想抱着孩子去外面走走。要抱孩子出门,喜妹决不同意,孩子是白家命根子,万一有个闪失,谁担当得起?喜妹警告她,不好好坐月子,当心落下病根。小满反倒攻击起喜妹来：你每天做的什么菜，猪都不吃，还说这个营养好，那个催奶。喜妹说：你嘴吃刁了，太太都没你挑剔。

小满趁孩子睡着，去外面逛。也不知她去哪里，喜妹也不去管她。喜妹是寸步不离孩子，即使孩子睡着也要有人守着。有一天太太来时，刚好小满不在，也顾不得孩子在熟睡，当即抱在怀里。太太那个慈祥，那个满足，喜妹是多年未见了。后来太太要抱着孩子去外面转转——太太又有了个儿子，心里一定是骄傲的。喜妹想跟着去，太太说她想一个人和孩子静静待一会儿。

那天小满回来，买了一堆甘蔗。小满说一个冬天没吃甘蔗了，馋死了。喜妹说冷东西月子里不好吃的。这时小满看到婴儿床上孩子不在了，脸色大变：宝宝呢？宝宝哪里去了？喜妹说：你急什么呀，太太抱着外面去了。

小满像一只没头苍蝇一样，奔下楼，在巷子里高叫："宝宝，宝宝。"

喜妹跟着小满。小满的叫声引来路人好奇的眼光。喜妹说：小满，你不要叫，你是不是脑子搭牢了。

小满不理，还是叫。

这时深巷里传来婴儿的哭声。小满耳朵竖起来，辨认哭声的方向。小满说："我的儿,我的宝宝。"

小满往哭声方向奔去,太太背对着她们,在哄孩子。小满一把把孩子夺过来,拿出乳头就喂:"哦,宝宝饿了,妈妈给你吃哦。"一点儿不顾太太的脸色。

太太虽然大肚量,终于也忍不住了。太太觉得不能再留小满了。她把喜妹叫到一边,让喜妹收拾小满的行头,明天就送小满回乡。太太说话的时候,原本和善的目光变得像一根刺。喜妹很不自在,连连点头。

喜妹带着小满回到小屋。小满太过分了,喜妹不想再理她。喜妹黑着脸,不声不响地整小满的行头。小满抱着孩子,蜷缩在沙发上,目光一直打量着喜妹。一会儿,行头整好了,喜妹放到桌上。

"姑,我要走了吗?"

喜妹没回答。小满低着头,盯着地板,显得既无助又固执。喜妹想总有这一天的,小满应该想得通。

既然明天要走了,喜妹打算从菜市场买点儿好吃的回来,给小满好好做一顿饭。看到小满刚才可怜的样子,喜妹有点于心不忍,月子都没坐满呢,算是给小满送行吧。

喜妹从菜市场回来,发现小满和孩子不在了。喜妹的心都跳出来了。喜妹坐在房子里,静静等着。她清晰地预感到小满不会再回来了。这段日子小满这么反常，应该想到的呀。这怎么向白家交待呢？不过小满的行头还留在桌上，喜妹存着侥幸，也许小满只是抱着孩子去外面走走。到了傍晚，小满没回家，喜妹只好报告先生和太太。

喜妹带着先生太太到了老家。小满没回去过。小满爹急得不行，拉着喜妹问：小满出事了吗？喜妹冷冷地说：小满这孩子，真不懂事，偷了孩子跑了。小满爹说：喜妹，我好好一个人给你，钱没见到一分，人不见了，这事怎么说？

一个星期后，警察找到小满和孩子。小满躲在永江边的一间废弃的闸门房里，因为是冬天，小满穿得少，孩子倒是被她包裹得很紧。她把身上的衣服都脱给了孩子，整个人在瑟瑟发抖。江风很大，孩子细嫩的脸红扑扑的，皮肤都被吹皴了。见到先生和太太，小满紧紧地搂着孩子，像一只母老虎一样保护着幼仔，眼中带着敌意。

先生叫来厂里的保安，把小满绑了起来，然后带走了。喜妹不知道先生把小满弄到哪里去了，听说去医院了。喜妹心里不踏实，耳边全是刚才小满的尖叫。第二天，先生说，要把小满送回老家，让喜妹陪着一起去。

先生亲自开车去的。小满坐在车上，比昨天安静不少，不过神志有点儿不太清醒。可能是躲在闸门间那一周,她的脑子有些搞坏了。那些日子她吃的东西都是从别人家里偷来的,几次被人当作小偷抓住,免不了被揍,吃了不少苦头。喜妹想,过些日子小满就会平下心来的。

先生的车在快到老家时停了下来。村路太窄,车开不进去。先生从汽车后备厢内拖出一只麻袋,扛在肩上,向村子走去。乡下的雪比城里的厚,雪地上留下三串歪歪斜斜的脚印。村头那个疯女人不在了。以往即便在冬天她也是安静地立在村口的,对所有人微笑。后来喜妹听人说,那疯女人死了。

先生到了小满家,迅速打开了麻袋。喜妹这才知道里面装的都是钱。小满爹第一次见到那么多钱,把他的眼睛都刺痛了,他微闭眼睛,眼缝里露出一丝少见的光亮来。小满爹咽了一口口水,好像他此刻渴得要命。他愣在那儿不知如何反应。先生把麻袋推给小满爹,让小满爹收下这钱。

"以后就是亲戚了,有什么困难来找我,找她姑也可以。"

先生看了小满一眼。小满一直安静地在旁边傻笑,好像那堆钱在她看来非常滑稽。

送走小满后,太太担心小满会来大屋,决定换地方住。"好在我们还有别的房产。"太太说。

喜妹跟着先生太太搬到了城西。

白家又有了欢乐。这欢乐是小家伙带来的。他真是个可爱的宝宝，皮肤白里透红，眼珠子黑漆漆的，乍一看还真有点儿像小满呢。但在这屋子里小满是一个禁忌，没有人提起。

国庆又来城里了。自从被打残了一条腿，他老实了许多，不再来白家。喜妹去他住的旅店看他。一见到国庆，她就知道国庆又在赌了，国庆的目光里重有了贪婪的盼望。喜妹心痛得像被针扎了一样。喜妹想，国庆这辈子改不好了，他会死在赌桌上。她真是觉得做人没有意思。

喜妹照例在给钱前骂了儿子一通。儿子也随她骂，不回嘴。骂够了，娘儿俩闲聊了一阵。国庆竟说起小满来。

"娘，小满现在每天站在村头。"

"为什么？"

"她脑子搭牢了，她爹管不住。"国庆说，"村里的孩子捉弄小满，小满就说，我儿子将来要当县官老爷的，你们可得待我好一点儿。"

喜妹一时不能接受，她慢慢把脸转向窗户，眼中酸涩。

小偷

一

邝石每天六点钟起床，喝一杯水，就去西门公园跳舞。西门公园北门有一个广场，过去倒并不热闹，但因为邝石的加入，早已名声在外。不但附近的老头老太太都来跳，就是赋闲在家的年轻的太太、"二奶"也都愿意过来。

邝石退休之前是舞蹈老师，再之前就是舞蹈演员。样板戏流行那些年，邝石还跳过芭蕾《红色娘子军》，跳过《白毛女》，演过洪常青、王大春，都是高大的英雄人物。他身材修长，体格匀称，即使如今快七十了，走路依旧有型。年轻的时候，邝石就喜欢扎在女人堆里。舞蹈演员一般女人居多，你想不扎在女人堆里也难。多年来，邝石可以说一直在同女人打交道，用他夫人杨小娟的话来说，他是"如鱼得水"。所以，自他演了《红色娘子军》后，他们都叫他洪常青，真名倒是没人叫了。很多人觉得他天生是一个洪常青。

人们叫他洪常青时，态度是暧昧的。这暧昧当然涉及男女关系。邝石在这个领域闹出太多的事儿，有时候，邝石给人感觉好像舞蹈不是他的专业，女人才是他的专业。在女人方面，他的水准应该是不错的吧，同他相处的女人没有一个恨他的，即使最后分手了，也还做着朋友。见面了相互开着出格的玩笑，玩笑中带着刺，都知根知底的，想要刺，一刺一个准。但等到邝石在什么地方碰到麻烦，这些女人倒是会两肋插刀相助，要么给他出主意，要么出力。总之，邝石这辈子真是有女人缘，可以说是桃花满天红。

邝石的麻烦当然也只能出在"暧昧"这个领域。专业上，跳舞不说话，肢体语言再反动，也达不到"反党、反社会主义"的高度。邝石曾差点因为"暧昧"丢了性命。他睡了部队一个军长的女人，结果被军长撞见，军长拿着手枪要毙了邝石。那阵子，邝石被关在军队的一个禁闭室里，生不如死。但就在这个时候，某个中央首长来这个城市考察，首长要看《红色娘子军》，剧团的人到处找邝石，找到邝石夫人、图书管理员杨小娟那里。杨小娟那会儿心情复杂，一方面对邝石屡教不改满怀绝望，另一方面也担心邝石的生死。于是她就把邝石闹出的丑事说了。后来，有关部门做了工作，先让邝石为首长演出，然后再做处理。邝石演出结束后，就逃离了这个城市。时间一长，军长那边气也消了，再没什么动静，邝石才偷偷溜回家。

一辈子就这么过来了，在别人看来惊险或者精彩，对邝石来说也只是稀松平常，只不过是日常生活而已。他退休后很快找到自己的乐子。这里的女人都愿意和他跳舞。她们甚至肉麻地吹捧：同邝老师跳舞感觉像在飞。于是邝石就让她们飞。他带她们转啊转，转啊转，直到她们香汗淋淋。邝石喜欢她们被带得晕头转向，然后倒在他的怀里。他都能感受到她们"怦怦"的心跳。

快到广场时，邝石把无名指上的戒指取了下来。这戒指是他们结婚四十五周年时，杨小娟买来的，说他们能在一起过这么久，实在是一个奇迹，一定要他从此以后戴着这个戒指。邝石不喜欢戴着戒指和女人们跳舞，觉得碍手碍脚的，好像他戴着戒指相当于戴上了手铐脚镣。他把戒指塞进西服胸口的口袋里。

这天，广场上照例人气很旺。作为一个资深的舞者，走近舞场时，他不自觉流露出一种矜持的神情——一种专业感吧。这种感觉年轻时倒是没有的，但老了就流露了。他比年轻时更喜欢摆架子，还喜欢听美言，恨不得在场的人对他五体投地地佩服。

他刚在广场边站定，音响里传出《春之声圆舞曲》。

广场顿时变成了一张旋转的唱片，人们转动起来。本来，这一曲邝石是同王艳女士跳的，但现在王艳女士正同一个小伙子跳着。王艳女士十年前是西门街著名的美人，现在还依旧风姿卓著，她近来经常光顾这里。同王艳跳舞的小伙子是个陌生人，理了一个寸板头，眼睛大大的，流露出温和多情的气质，并且长得高挑而帅气。小伙子一边跳一边逗王艳，逗得王艳花枝乱颤。更醒目的是，小伙子舞跳得非常专业，加上年轻，看上去就像白马王子。邝石心里不是味儿，他嫉妒了。

嫉妒总是能激发出能量。邝石挑了一个女伴开始跳起来。这一次，邝石使出了浑身的解数，好像他在参加一次舞蹈比赛。他带着女伴，花样百出，转得如火如荼，转得像一团燃烧的火。他感觉到很多人停下来了，驻足观看。那小伙子也停下来了，眼珠亮晶晶地看他们。邝石不免有些得意，有一种征服者的幻觉和快感。

音乐结束，掌声响起。那一刻，邝石觉得自己好像重返舞台。他停下来，但他的头脑却还在旋转，好像那唱片装进了他的脑子里。那女伴也是娇喘吁吁，满足地、崇拜地靠在他的怀里。邝石无比受用。更受用的是他看到那小伙子也在鼓掌，鼓得比谁都热烈。从那小伙子看他的热切的眼光里，他猜到小伙子想跟他学几招。要是以往，他会摆些架子，但这一次，他很乐意教他。他喜欢这个小伙子，在这人身上，他看到了往日的自己。

小伙子很有领悟力，学得很快。除了几个难度较大的动作，小伙子一会儿就学会了。毕竟年轻啊。

"你第一次来？以前没见过你。"邝石问。

"是的。"

"你干什么工作？你很有型，是演员吗？"

"不是，我是大学生。学英语的。"

"噢，你跳得很好，以为你在哪里训练过形体。"

小伙子笑了笑。他的笑有点神秘。

"以后多来玩。"他说。

小伙子点点头。

一个女人缠着邝石，要和邝石跳一曲。邝石很有风度地伸出了手，做一个邀请动作。女人昂首挺胸，变成一只天鹅。和邝石跳，女人们都觉得自己变成了天鹅。邝石跳了一会儿，在人群中寻找那小伙。他发现小伙子不见了。不知道他是什么时候走的。他教过这人，这人不打声招呼就走了，一点儿礼貌都没有。邝石有点儿不悦了。这时候，人群中发出尖叫声："呀，我的项链，我的项链不见了。"

是王艳在叫。人群都围住了她，议论纷纷。邝石中止了舞步。他下意识地把手摸进西服的胸袋,他愣住了,他的戒指也不见了。邝石没有吭声。他站在那儿,好一会儿没回过神来。

二

这天早上七点钟,小珊准时跳上515路公交车。这趟车直通他们学校。同别的公交车比,515路公交车不是很拥挤,甚至有点儿空荡荡的。公共汽车缓缓地在植满了法国梧桐的老街上行驶。车内的人因为早起,倦容还没完全消失,显得有些麻木。小珊喜欢坐这路公交车,这里有一种她喜欢的落寞的气息。

那人站在那儿,门边上,靠着公车上的竖杆。她一上来就看见了他。她的脸红了一下。她低着头,拿出MP3,把耳机插到耳朵里。实际上,她只是装装样子,她根本没有把声音打开。她站在那里,不用看他,她就能感受到他的存在。她能感受到那人温和而热烈的眼神一直追踪着她看。

她"认识"他快两个月了。说是"认识",但她同他却没讲过一句话。

他们的"认识"非常奇特。两个月之前,在这趟公交车上,他就站在她边上。他高大而挺拔,特别是他那头干净的短发使他的脸看上去充满阳光般的勃勃生机。她不觉对他有了好感。有一股暖烘烘的气息从他身上传来，让她有些无所适从。是的，他的英气让她感到压迫。

但他似乎并没有注意她。他慢慢移到前车厢。他站在了一位高挑的女士后面。那女人穿着牛仔裤，上身套了一件紧小的T恤，显得十分洋气。女士背着一只大大的牛仔包，这包让她看上去轻松随意，有一种类似吉卜赛人的洒脱气质。那个英俊的男子朝四周望了一下，然后把手伸向了女士的包。

小珊睁大了眼睛。她看到那人的手从包里迅速退回来时，手中多出了一只钱包。她的心头痛了一下，感到非常失望。刚才涌出的对那人的好感一下子烟消云散。某种悲哀开始在她的心头聚集。近来，这种悲哀几乎让她有点儿喘不过气来。

小偷是在回头时，看到她的眼睛的。她没有回避，而是直愣愣地盯着他看。他显然非常慌张，以为她会叫喊，他甚至在看窗子，随时准备逃跑。但她没有叫喊，她只是看着他，眼神非常平静，又让人感到深不可测。

她不喊不是怕那个人。她只是不想说话。她发现自己的话越来越少了，她都怀疑自己是不是得了所谓的"青春期综合征"。她觉得什么都没劲，一切都是那么令人讨厌。她讨厌她的爷爷，都快七十了，衣着却比年轻人还时髦；她讨厌奶奶，整天关在家里，像一个幽闭的修女；她讨厌母亲，她在电视上笑得那么热情，可回到家里，冷若冰霜，好像全家人欠着她什么；她的父亲倒是非常温和，但父亲的心好像从来不在他的身上，不在这个家，像是在远方梦游。她除了沉默，别无选择。

一个站头到了。但小偷没有下车。有几个乘客上了车，然后公交车又开动了。这时，小珊看到那个小偷从西服里拿出钱包，把钱包塞进了那女士的包里。他这么做的时候，还回头看了小珊一眼。那眼神里有一丝羞愧——也许不是羞愧。小珊非常吃惊。

后来，他来到小珊的身后。现在轮到她慌张了。那种刚开始时的压迫又回来了。她感受到他的呼吸，感受到他的注视。她的脸又红了。她看到那女士终于下车了。女士不知道她的钱包失而复得的事。她松了一口气。

这时，她感到他的手碰到了她的手。她吓了一跳，想移开，但她是个沉着的人。她想看看他会做出什么，难道他也想偷她的东西吗？他没偷，他塞给了她一张纸条。然后，他离开了，到了门边。下车前，他回头看了她一眼，走了。

她手上的纸条写着什么。公交车在缓缓行驶，那人一会儿不见了，车窗外的街道和植物幻化成虚影。她又感受到车厢里那种熟悉的落寞的气息。她慢慢展开了纸张，上面写着："谢谢你。"

看了这句话，她突然对那人有了一丝好感。

几天之后，那个小偷又出现了。小珊非常紧张，她怕他再偷。但他没有动手，只是静静地坐在那里。然后，那人在中途的一个车站下了车。

这之后，小珊总是在这个时刻、在这辆公交车上碰到那人。那人安静地站在那根金属竖杆边上。有时候看她一眼，有时候低着头，像是在想什么。这时，她在他面前倒是优越的，她又找到了一种居高临下看他的感觉。他毕竟是一个小偷，一个让人瞧不起的小偷。她不知道他为什么总是在这辆公交车上出现，不知道他究竟想干什么呢，他除了偷窃之外又在干些什么。她对他产生了好奇心。

他再也没有偷窃。至少没在这辆车上行窃。这竟然让小珊感动。她觉得是自己感化了他。小珊在这件事上找到了自己的意义，感受到了自己的力量。她突然心情好了起来，感到世界还是很美好的。

有一天，那人又来到她身后，那人几乎贴着她。那人在哼一首英文歌曲，《绿袖子》，非常好听的英格兰民歌，莎士比亚填的词。一个小偷在哼唱英文歌曲让她感到奇怪。可是，英文有一种奇怪的力量，一种非常不现实的力量，几乎把这个小偷神化了。她竟然感到温暖。

就在这时，那人把一张纸条塞到她手里。好像纸条有自己的温度，她感到手心发烫，她的手都出汗了。

"你让我感到温暖。"

这是他写的。也正是她此刻感受到的心情。看这句话时，那人已经下车了。可她觉得这句话里有一种神秘的力量，把这公交车照亮了。她觉得自己像在做梦。一个白日梦。

公交车上的这一切是小珊的秘密。可是，她的母亲不允许她有秘密。她觉得母亲越来越像个更年期女人，总是试图翻她的日记，好像她的日记中藏着见不得人的勾当。昨天，当她回家时，她看到母亲躲在她的房间里，在翻看她的抽屉。她想她忘记给抽屉上锁了。她当时非常紧张。她不能让母亲看她的日记，否则母亲会不认识她，会气得跳楼。她几乎是歇斯底里地冲过去，一把关住抽屉。结果把母亲的手夹伤了。母亲的手是如此优雅（她身上的一切都完美无缺，欠缺的是她的热情），但这会儿流着血。她感到即使那血也是冷的。

"你怎么啦？干吗这么慌张？"

她没吭声。

"是不是功课太紧张了？妈妈很担心你的状态。"

她不合时宜地笑了，笑得很神秘。

"你笑什么？"

她指了指母亲手上的血，血已滴在她漂亮的白制服上面了。母亲见状，突然失去了控制，哭泣起来。

"我受够了，受够了……"

515路公交车依旧在曲折的老街上行驶。公交车上的人比刚才多了一些，竟有些拥挤了。那人又来到她的身后。这就让她感到压迫，就好像他的眼睛里有一种看不见的力量。她感到脖子隐隐有点儿灼痛。现在，他已经是她秘密的一部分。是她讨厌的这个世界里的一点点温暖。她不想说话，她渴望他再次递纸条给她。她盼着他的纸条已有好多天了。她都迫不及待了。也许他是个危险的人，但她觉得纸条是安全的、安静的。她喜欢这种方式。

他终于伸出了手。他的手是如此坚定。可她的手在颤抖。她觉得自己的手像一只贪婪的蛇试图把什么吞噬进肚子里。她紧紧攥住那纸片。

小珊看到那人跳下了公交车，站在车窗外看着她。他的目光温柔而坚定。她感到耳根发烧。她低下头，把手中的纸展开。她的手在颤抖。手中是一句英文:"I want to kiss you, not long, just all my life."

她看这句英语的时候,脑子里闪现的是中文:"我要吻你,不太久,就一辈子。"这时,公交车缓缓地开动了,她抬头看他,他还站在那儿。她突然感动了,眼睛一红,眼泪就涌了出来。她有一种跳下公交车跟那人走的冲动。她甚至脑子里闪过同他私奔的念头。

三

因为昨晚睡得太晚,这天的整个上午,邝奕都在睡觉。

他是下午开始工作的。他的工作室在离家不远的一个小区里。工作室在四楼,不大,是小小的一室一厅,但对他来说足够了。工作室是两年前买的。他一直盼望每天有一个地方可去,可以像上班一样,生活有一定的规律。他工作的时候再不用挤在家里,同母亲待在一起了。有一个自己的空间对他来说是重要的。在工作室里,他感到安宁。

每天,他都是步行去的。他喜欢这样,尽量让自己的生活变得缓慢而从容。他觉得步行让他有一种远离尘世的美好感觉。他热爱自己的工作,他觉得自己的工作就是让他远离尘世的一种方式。

目前，邝奕受人之约正在写一部新戏。戏的题目是《小偷和少女》，叙述小偷和少女在公交车里发生的故事。有两个方向可写：一个是小偷被少女感化；一个是小偷把少女拉下水。但他目前碰到了困难，感到这个故事还没有足够的张力，特别是小偷和少女的关系中缺乏一个戏剧性的结合点。必须找到这么一个点，他们的关系才能有进展，才能有戏。他目前不知如何叙述下去。

邝奕对此一点儿也不急。这方面他很有经验。时间自然会解决所有的问题。他只需要等待。再说，目前，邝奕有了一种新的消遣：他暂时把兴趣转移到工作室对面的那个窗口上了。

这个小区建造得比较早。房舍之间的间距非常小，大约只有三十米左右。如果对面房子的窗子没挂上窗帘，就可以清楚地看到对面屋子里的情形。

对面住着的人真是这样一个不愿把窗帘合上的年轻女人。那个年轻女人一般在午后回来，然后脱掉衣服，进入卫生间。大约十分钟后，她会披着浴袍，散着湿漉漉的头发，出现在窗口。有时候，甚至赤身裸体地在屋子里走来走去。显然，这个女人对自己的身体极度满意，也极度自恋。有一天，女人似乎也看到了邝奕正在看她，女人并不为意，只是淡漠地看了他一眼，依旧故我。但邝奕感到羞愧，拉上了窗帘。可他还是遏制不住躲在窗帘后偷看。

邝奕不知道这个年轻的女人是谁，干什么工作，他只知道一会儿，会有一个男人进来。男人非常年轻，眼珠发亮，穿着也比较时尚。但男人总是板着脸，好像女人欠着他什么。女人确也有点儿低三下四的，有时候，她去抚摸男人的脸，男人不耐烦地把她的手挡了回去。这时候，男人往往会来到窗边，好像他意识到有人正在窥视他们，他一动不动地看着邝奕的窗子（这让躲在自己窗帘后面的邝奕有一种做贼似的感觉），然后他会拉上窗帘。

接下来发生什么邝奕就只能靠想象了。

为什么这个女人总是在午后来到这个房间呢？她和那个年轻的男孩究竟是什么关系？那个男孩又是什么样的人呢？邝奕满怀好奇。有一次，风把窗帘吹开了，邝奕看到男孩躺在床上，手拿一只遥控器，在换电视频道。男孩的态度冷漠。而那女人正趴在他身上亲他。这只是一闪而过的场景，但邝奕联想丰富。

有一次，女人洗完澡，看起来有些焦虑。她在不停地用手机打电话。但显然对方没有接听。那天，那个男孩没有出现。后来，邝奕发现她哭了。她躺在床上，蜷缩着，身子起伏不停。好像她的身体因为被扭曲而痛苦着。

邝奕在小区里碰到过这个女人。她应该比同她约会的男孩年龄大。她看上去一副玩世不恭的样子，脸上有一种像是纵欲后的厌倦感，总之显得有些冷漠和困倦，但邝奕觉得她困倦的表情下有一种令人怦然心动的东西，一种掩藏着的热情，一种爆发力。说不清楚是为什么，邝奕竟然在心里涌出一股温流。他有些怜惜这个女人。他甚至断定这个女人心里不快活。

这天，那个女人还是在午后出现。邝奕一直看着她的一举一动。她站在窗口，穿着一件睡裙。她在流泪。邝奕甚至看到她满脸的泪光。然后，她躺倒在床上。

那个男孩一直没有出现。某一刻，邝奕突然对自己的行为涌出一种罪恶感。他想，他的注视无论如何对她是一种冒犯。他打开电脑，并把《小偷和少女》的文本打开，准备写作。但那个房间吸引着他。他真是奇怪。他为什么会被她吸引呢？后来他总结：他喜欢垂死的事物，他是被她身上垂死的气息所吸引。

后来，当他再度观察她的时候，他吓了一跳。他发现她白色床单上流满了血。血液呈现某种暗红色，显得神秘而冷漠，透着一丝凉意。有一股血液流到了床下，血正一滴一滴落在地板上。那流淌的血好像有自己的生命，在寻求着什么。她的手无力地摊开着，手腕上冒着气泡。

他意识到她自杀了。他的眼前一暗，差点儿晕过去。一个正在枯萎的生命让他感到惊心。他控制住自己的心跳。他想他应该去救她。也许她还活着。他穿上外套，冲向楼梯。

但当他来到她房间前面时，他却犹豫了。不是因为门锁着，门锁着总是有办法打开的。他犹豫是因为自己的形象。他突然面临一个难以选择的局面。即使他此刻的行为完全是正当的，但人们马上会有疑问：你是如何知道这个女人自杀的？你在偷看这个女人吗？他的形象顿时变得鬼鬼祟祟起来。然而，他也无法撒手不管。那等于是见死不救。

进去还是离开？他问自己。

但后来，邝奕不管那么多了，他把门踢开，冲了进去。女人闭着眼，躺在床上。她的手腕处果然被割了一刀，血正是从那里流出来的。割脉的刀片沾着血迹，落在地板上。由于失血过多，女人看上去脸色苍白。

他拍了拍女人的脸，试图叫醒她。

女人的眉毛跳动了一下，眼睛微微张开，看了他一眼。女人还活着。邝奕松了一口气。

"你是谁？……你为什么要救我？求求你让我

死吧！"

女人说着，她闭上眼睛。一会儿，闭着的眼眶里涌出一串泪珠。

"让我死吧，我只不过是个贱人。"

她突然睁开眼，看了看他。出乎他意料的是，她泪光沾湿的眼神非常平静，像是看穿了尘世间的一切。脸上甚至有一种神秘的嘲弄似的表情。这表情令邝奕难以忘怀。

他用一根带子扎住了女人的手臂。她非常无力，脸色苍白。看样子，她得输血了。他说："我送你去医院吧。"

邝奕看了看表，已是下午三点钟。他抱起了她。她是那么软弱。他想起了莎士比亚的一个比喻："全世界是一个巨大的舞台，所有红尘男女均只是演员罢了。"

邝奕突然有了一种剧中人的感觉。

四

这天下午三点钟，宜静录制完节目，感到心神不宁。那个自以为是的导演，每次她从舞台上下来，都要拥抱她。她试图拒绝，有几次甚至在他张开手臂时，侧身溜掉。今天，这家伙在她心神不宁的时候抱住了她,还在她的屁股上摸了一把。她突然感到恶心、感到受辱,她板着脸,当场发作了:"请你放尊重一点儿。"

她的声音急促、锐利、破碎,听起来非常怪异。她发现导演尴尬地立在那里,那张蓄着胡子的脸显得十分无辜。在场的所有人都停下了手中的活儿,朝她这边看。他们看她的眼光是怪异的,好像她做了一件有违常情的事。她感到胸闷,想尖叫。她怕自己控制不住,跑了出去。

宜静听到屋子里面传来一阵爆笑。"请你放尊重一点。"有人怪腔怪调地在模仿她的口气。

她回到自己的办公室。等她平静下来时,她感到虚弱,甚至在心里涌出一丝负疚感来。是的,自己是不是太不近人情了?在这个圈子里,大家都是这样的啊,男人们见到女人都喜欢搂抱一下,好像他们不搂抱一下女人便会显得老土。

以前宜静不是这样的。宜静是电视台公认的美人儿,人见人爱,对男人们的搂抱她并不反感。但自从和邝奕结婚后,她的性情似乎大变,她变得十分孤傲,成了一个冷美人。电视台的人在私下无不挖苦她:"在她眼里,全世界只有一个男人,就是她老公。"

他们错了,事情不像他们说的那么简单。事实上,同邝奕结婚后,她就对自己失去了作为女人的自信心。

她发现邝奕对她的身体无动于衷。邝奕曾经开玩笑地叹息道:"你的美貌是那么灿烂辉煌,但只适合在舞台上,而不是在床上。"

她开始以为邝奕在赞美她,所以,她说:"别背台词了,我的莎士比亚。"

现在,她当然懂了。他们结婚快十五年了,她慢慢知道自己真的并不吸引他。邝奕似乎喜欢肥胖的女人。有一次,她在他的电脑里看到一些黄色图片,那些女人一点儿也不好看,有的只是下流和腐朽。近几年,他们在床上亲热的次数越来越少了。

本来还好,她的工作忙,这些事也就不去多想了,但自从邝奕搞了一个工作室后,她开始莫名其妙地焦虑起来。她总是遏制不住地想象邝奕在工作室里的情形。她想象邝奕电脑里的女人来到那屋子里,想象有一个性感的大胸脯大屁股女人占据了她的位置,躺到了邝奕的床上。她试图说服自己,这一切只不过是她的想象,但是,这种焦虑一旦出现,她发现很难消除。

这一天,她一直心神不定。她明白她的焦虑症又发作了。她感到空虚,觉得活着毫无意义。她想让自己沉溺在某个邪恶的深渊里。同时,她又觉得这样非常可怕,她不该如此……

她决定去一趟心理诊所。这是一个朋友向她介绍的。"没你想的那么神秘,也没你想的那么可怕,也就找个人聊聊天,聊过后,就什么事都没有了。"她的朋友这么说。她的朋友说得没错,有时候发泄一下挺好的,意识里的垃圾总得适时地清理掉。

但宜静对心理医生说的往往是另外一些事情。这天,她谈起了女儿:"我女儿话越来越少了,我担心死了。我不知道她在想什么。昨天傍晚我们差点儿吵起来了,我在翻她的抽屉,她竟然进来,死死地按住,把我的手都夹出血来,好像她抽屉里有什么见不得人的东西。"她叹了口气,又说,"我都不知道如何同她相处。现在的孩子怎么是这样的?"

她滔滔不绝地说着女儿的事。以往说女儿时,她的注意力就会跟着转移到女儿上面来,同时内心会涌现一个好母亲的形象。这个形象令她感到安慰,甚至会因此而自我感动起来。但今天没有,她发现她说这些事时,头脑里想的却是对那个导演发火的事。

她停顿了一会儿,竟然脱口道:"今天有个男人拥抱我,我发火了,我感到不安。"

"嗯。"心理医生的眼睛亮了一下。

"他其实挺无辜的。我们圈子里,男女拥抱是经常的事,司空见惯了,他不是只拥抱我,他还拥抱别的女人……但我发火了……"

她发现问题真在这里。正是因为导演拥抱任何女人,她才觉得他的拥抱污辱了她。如果他只拥抱她,她也许会感到自豪。她了解自己,她比她的外表要来得热情得多,她希望他们爱她,疼她。但她不允许他们把她和其他女人放在同一水平上。她发现她比自己想象的要复杂和轻浮。

"我们是同事,这样让他下不来台,总是不好的。"

"你可以单独约他,好好同他谈谈。"心理医生建议道。他好像看穿了她的心思,他把"单独"两个字说得很重,算是强调。

"不,不能。我这样会把他吓死的……不能……"

心理医生低下了头。她喜欢他这样,不盯着你看。这样,她就感觉不到压力。这样,她在表达时就可以虚构。她来这里,某种意义上不是为了倾诉,而是为了虚构。她发现自己撒谎的天赋。她真是个撒谎精啊。当她把自己想象里的事说出时,那想象里的事就成为事实。这让她感到踏实。她同医生谈过自己的丈夫,在她的讲叙里,她的丈夫变成了哈姆雷特,优柔寡断却又惹人疼爱。想象和事实在这些谈话里交织,到头来,她自己也弄不清哪些是真实,哪些是编造。她只感到她这样的叙述让她踏实,让她安心。

这时候,她的手机"嘀"地响了一下。她的心突然欢畅地跳了起来，她迅速打开包，拿手机的手几乎有点儿颤抖。是一条短信："我总是要想起你。我只想告诉你，有一个人在想你。希望这则短信没有让你感到困扰。"

她的脸红了，身体迅速地放松下来，并且似乎有一种力量把她从刚才的忧郁中打捞上来。她一下子振奋起来。

相同内容的短信已经跟着她快有半年了。短信是匿名的，对方的手机号并没有显示。她知道移动公司有这项服务。她开始不以为意，以为是一个玩笑，或者仅仅是一个陌生人的心血来潮。像她这样的电视台主持，也算是名流，她经常能收到各种各样表达自己情感的奇怪的来信。但这个人一直坚持着，并且短信的用语非常节制而温和。慢慢地，她竟有些为这些短信感动了。但她不知道发的人是谁。

现在，她的情绪舒缓多了。她明白，她这几天的焦虑与最近没有收到这个短信不无关系。她已经有好多天没收到这人的短信了。她还有点奇怪呢，甚至在心里做了种种假设，比如那人是不是生病或出什么事了。实际上她有些依赖它了。短信让她感到一种广大温和的注视。

她决定中断和心理医生的谈话。她其实也不在乎那个所谓的心理医生说什么。她只是想找个人说说话。

宜静从诊所里出来，发现诊所门口的公共汽车站一阵骚动，一帮人围着一个小伙子扭打起来。小伙子已躺在地上，抚着自己的头，身子蜷缩。围着他的那帮人一脸怒容，有的按着小伙子的身子，有的用脚踢小伙子的头，有的向小伙子吐着口水。边上有一个妇女在高声说话，说那是个小偷。虽然他是个小偷，但他们如此凶残地对待他，宜静感到可怕。她觉得他们这样打下去他会死的。公交车还没有来，宜静一边围观，一边等车。一会儿，小伙子就不动弹了。那帮人似乎过足瘾了，补了几脚后，都走了。小伙子的身子动了动，然后移开了抚着脑袋的手，略微抬起头，警惕地察看周围的情况。宜静发现小伙子非常漂亮。他理了一个很阳光的短发，眼睛大而亮，肤色健康。宜静不敢相信这样漂亮的男孩会是一个小偷。

小偷真的受伤了，他躺在那里不能动弹。这会儿，那个未知的人发来的短信让宜静的心里有很多温柔，因此她有了恻隐之心，她问："要去医院吗？"

小偷摇摇头。

这时，公交车到了，宜静匆忙把一瓶矿泉水递给小偷，然后跳上了公交车。

小偷看到公交车远去，脸上露出神秘的满足的笑容。他伸出手，手中多了一只钱包和一串钥匙。

五

杨小娟，名字听上去挺年轻，实际上她已经六十二岁了。她是个安静的女人，喜欢待在家里，不喜欢出门。她看上去清瘦、优雅，有一种动人的书卷气。这一家子的杂事儿都是她一个人在忙。等他们出门，她就不慌不忙地做。他们回来了，一切都搞掂了。家里人因此也不觉得她有多忙。相反，觉得她空闲得要命，老是劝她去公园里走走，像邝石一样去跳跳舞或练练剑。她不听他们的，忙完家务，她就看电视或看书。

她和邝石本质上是两种人。她觉得邝石是个孩子，一辈子都长不大的孩子。都这么大岁数了，可看见女人就迈不开步子。在女人面前还好表演、好强，把腰板挺得笔直，自以为是一个男子汉。只有杨小娟知道，他其实什么都不是，天塌下来，他比谁都躲得快。年轻的时候，杨小娟倒是为此伤透了心。邝石总是闹绯闻，有时候甚至同时惹出两桩来。杨小娟觉得邝石真的有一副好皮囊，邝石在舞台上这么一站，无论是跳《红色娘子军》还是《沙家浜》，都像一个白马王子，不像一个苦大仇深的革命者。女人们大都喜欢鲜亮的皮囊，她杨小娟何尝不是呢？她自己也是被邝石的皮囊俘获的。那时候，得到邝石以为得着了宝，真的想向所有人炫耀。但不久，杨小娟才知道，自己跳入了苦海。

开始，杨小娟是痛苦的。她想管束他。她曾叫儿子盯梢，跟踪邝石，如果邝石溜进哪个女人的房间，就来报告她。但杨小娟最终失望了，这一招对邝石根本就不起作用。他依旧故我。女人，是邝石一辈子的毒，他戒不掉了。问题还在于邝石即使这样，杨小娟也恨不起来。有些男人就是这样的，他花心，但心思并不坏。

这天是星期五。周末了。杨小娟像往常一样，准备了一桌菜。杨小娟退休后，厨艺大有长进。这同她看电视的《美食》栏目有关。她之所以喜欢看《美食》，同那个男主持人有关，叫刘艺伟，看上去也是乖乖的，有点儿调皮。她发现自己喜欢的男人都是同一类型的。邝石外表看起来也是个招女人疼的乖孩子啊。所以，她认了。即使同邝石离婚，以后嫁的男人保不准也像邝石一样。

傍晚的时候，家里人陆续回来了。邝奕先回，他的脸上有一丝掩饰不住的兴奋。不是喜色，是兴奋，兴奋中还有些担忧和憧憬。这孩子从小就这样，喜欢把自己的情感严严实实包裹起来。同邝石不加掩饰的性格完全相反，走向了另一个极端。也许，邝奕形成这样的性格同他们夫妇俩年轻时的吵闹和动荡不无关系。然后是邝石回来了。他几乎在外面泡了一天，也不知他在干什么。他好像越老越不喜欢回家。杨小娟甚至觉得邝石现在有点儿怕她，总是避着她。有时候，邝石同儿子鬼鬼祟祟说些什么的时候，总不忘告诉邝奕：别让你妈知道。那神情就像一个在外调皮捣蛋的孩子。邝石回来，就"啪"地打开电视机，专注地看一场拳击比赛。偶尔抬起头来，偷偷地看杨小娟的脸色。

响起了敲门声。杨小娟以为是小珊回来了。不是，是宜静。宜静看上去越来越忧郁了。这个在电视台总是喜气洋洋的主持人，在生活中沉闷而严肃。宜静说："我今天把钥匙丢了。"

"什么地方丢的？"

她好像没听见。没看任何人，径直向房间走去。进房间前，她摇了摇头。算是回答。

一会儿，四个人在餐桌边坐了下来。桌子上的菜冒着热气。宜静才发现小珊还没回来。

"小珊怎么这么晚还没回家？"

"马上要中考了，功课紧张，学校可能在给他们补课。"邝奕说。

"现在的孩子真是不容易。"杨小娟说。

令邝石扫兴的是拳击比赛一会儿就结束了。邝石感到肚子饿了，他不停地看表。杨小娟拿了一罐牛奶给他："你先吃点。"

宜静看了一眼邝奕，邝奕的脸上有一种梦幻似的表情，他显然还在自己的世界里，他的灵魂飞到什么地方去了。她不知道他脑子里在想什么。她一直弄不懂他。但她敢肯定，他不关心眼前的事。不关心女儿这会儿在干吗。他除了自己谁也不关心。

"写作顺吗？"

"有进展。"

宜静知道他在写一个小偷和少女的故事。她去过他的工作室。他不在。她不知道他去哪里了。她看他的手稿，只是个开头。他好像很难把这个故事叙述下去。

"那女孩和小偷后来怎么样了？"

邝奕有点儿吃惊。邝奕不太在家里讲自己写作的事。他不清楚宜静是怎么知道他的故事的。他想，可能他把稿子带回家的时候，她看见了。他说："有一天，小偷被人抓住了，被一帮民工打了一顿，打得站不起来。少女放学回家，刚好看到了这一幕，待那帮人走远，少女护着小偷去了医院。就这样，他们开始了交往……"

这一切邝奕还没有写。这一切的灵感来源于今天下午的遭遇。是的，他把那女人送进了医院，他们认识了。他觉得他和她的故事即将开始。

这是很好的戏剧。作为一个作家，他的想象比现实走得更远。他的脑子里出来了这样一幕：她从医院里出来后，来找他，向他表示感谢。她是悲哀的，这悲哀能激发他，让他涌出一种动人心魄的温暖的怜惜。她告诉他，她恨那个男孩，那个男孩同一个烂货——一个"鸡"跑了。她恨他，她为他做了三次整容，她身上现在什么都是假的……她让他抚摸她的乳房，她说，你感觉到了吗？这是假的。但他感到温暖，他把头深埋在她的怀抱……

"你在想什么？"宜静看到邝奕脸上古怪的表情。古怪中还有一丝邪笑。

"我在构思。我在想，少女后来为何要跟小偷走呢？"

"噢。"宜静停了一下，又说，"这是个问题。"

邝奕的心里涌出一丝内疚感来。他看了宜静一眼。她的脸上似乎布满了某种焦虑。他的心动了一下。这个在外人看来高高在上的美人，怎么会有这么多忧虑呢？他们已经有很久没做爱了。邝奕总是觉得同宜静做爱就像是在同一个蜡像做。她是一个蜡像美人。但他想，她肯定也是需要安慰的。不知为什么，他今天有很强的做爱的欲望。

"你今天做了些什么？"

"老样子。"

"单位里没新闻吗？"

"就那样子。"宜静想了想，又说，"我今天收到一则短信，匿名的。"

"说什么？"

"说仰慕我，很久了。"

宜静不清楚自己为什么要说这个。她看到婆婆瞥了她一眼，眼光非常亮。她低下头。她突然觉得自己有了力量。

"噢。"邝奕看了宜静一眼。他的欲望突然消失了。

邝石喝完牛奶，又开始看电视。每个台都在播相同的新闻。好像偌大的中国只有这点子事情。他把声音调响了一些，似乎邝奕和宜静的断断续续的谈话影响了他的收看。

"小珊怎么还没回来？要不要给学校打个电话？"宜静看了看墙上的挂钟。

"这么大孩子了，没事的。"邝奕耸了耸肩。

邝石还在调台。他已搜索了三遍了。电视画面在不停地变换。画面的光线一会儿红,一会儿绿,反射到邝石的脸上,使邝石看起来有一种疯狂的劲儿。

这时,杨小娟站了起来,仔细看了看邝石拿遥控器的手,平静地说:"老邝,你的金戒指呢?"

幸福旅社

一

哲明在幸福旅社办入住手续时，注意到服务台女孩长得清纯可人。那女孩在填入住单的间隙，抬头瞥了他一眼，目光有些居高临下。他看到女孩的嘴角微微上扬，略带笑意，显得意味深长。办好入住手续，那女孩指了指楼道："从这儿上去，没有电梯。"

后来哲明才明白女孩何以用那样的眼神看他。过了午后，幸福旅社开始活了过来。哲明发现他隔壁住着几个女孩，一看就是那种风尘女子。也有一些长相不错的帅小伙，是理发店里经常见到的那种型男。哲明想，那女孩一定把他归入了同类。

果然晚上就有女孩带着男人进来。小旅店的隔音不是很好，哲明听到隔壁的动响和女人夸张的呻吟，一时有些心烦意乱。哲明看时间还早，打算去街头转转。经过旅店简陋的服务台,他看到那姑娘百无聊赖地嗑着瓜子。他试着和那姑娘笑了一下,姑娘一副爱理不理的样子。笑容僵在哲明脸上。

幸福旅社在小镇的中心街后一条隐蔽的巷子里,离中心街花园只不过五分钟路程。哲明在街心花园站了一会儿。小镇的居民正在广场上扭秧歌。这阵子几乎每个城市都流行这种健身方法。广场的对面是百货商店及几家饭店,这会儿霓虹灯断胳膊缺腿地闪烁着。

小镇已今非昔比了。

十年前,哲明和罗志祥曾来过这个小镇。当年小镇以水乡风貌闻名,河道纵横,到处都是旧式木结构建筑。如今小镇难觅旧日模样,河道似乎也比过去窄了许多。

临河的那间酒吧倒还在。只不过酒吧里人很少。他记得十年前这里非常热闹,酒吧中间放着一张台球桌,人们在喝酒之余挥杆赌钱,装出美国西部片里牛仔的模样。现在台球已经不流行了,人们有了新的赌钱方法。他看到隔壁那间酒吧已改成了棋牌室。

哲明要了一杯黑啤,找了一个靠窗的位置坐下。他看到窗外的河流,在灯光下显得黑亮黑亮的。白天他看到过河水,还算清澈,这给他一丝安慰。当然和十年前比是浑浊多了。十年前,至少这个小镇的空气和河流还是干净的。

十年前,从小镇回来的路上,他和罗志祥没说任何话,彼此不看一眼,他们心里面都明白,这趟旅行让他们的关系走到尽头,他们再也无法面对对方了。

回到永城,哲明和罗志祥失去了联系。这是预料中的。永城这么大,如果不想联系倒真是很难再碰上。其间偶尔有几次哲明听到过罗志祥似是而非的消息:有人说志祥出国了;有人说志祥去了父母那儿(志祥的父母在阿克苏兵团,成了那儿的公务员);还有人说志祥出家做了和尚。

某天晚上,哲明梦到罗志祥。他梦见罗志祥在水乡小镇生活。梦里的罗志祥像一张刚刚从暗室里显影的黑白照片,浸泡在米突尔液体中,形象皱巴巴的,模糊不清。小镇倒是清晰的,建筑和河流是他记忆中的模样。他努力想知道罗志祥在小镇做什么,越是想知道,梦反而朝令人着急的方向展开,他看到罗志祥从显影液里出来,变成一个气球升到天上。

那天从梦里醒来,哲明再也睡不着。他从床上起来,在窗边坐了很长一段时间。窗外城市灯火明亮,黑夜让灯光显得既安详又暧昧。这么多年来,哲明在努力忘掉那个小镇,然而关于小镇的消息总会不经意传来,令他心绪难平。还好没有太坏的消息。哲明不清楚这个梦境意味着什么。他们说梦是愿望的一部分，可是在现实中他从来没有产生过这样的念头，相反他总是刻意抗拒此类念头的产生。

自从梦到过罗志祥，哲明老是想起他，并渴望见他一面。十年了，哲明知道自己一直在逃避，他是逃不过去的，十多年前的那个心结，两个人必须一起面对。夏天快要来临的时候，这个念头弄得哲明很焦虑，好像不达成这个心愿他会活不下去。这一次他认真地打听罗志祥的下落，没有确实的消息。在没有办法的情况下，他给阿克苏方面写了一封信。他不知道志祥父母的具体地址，只写了"阿克苏兵团罗志祥收"。当然是石沉大海。想起一个活生生的人消失在自己的生活中，一无踪影，哲明感到既悲哀又恐慌。

一杯黑啤很快下肚了。他感到肚子里似乎翻腾着某种清凉的东西，好像啤酒里的二氧化碳正在他身体里钻来钻去。当年，就在这个位置，罗志祥坐在他的对面，有一个女孩在边上劝他们喝酒。那时候，他们还是少年。

他向对岸望去。过了南边的那座石拱桥，就到了东岸。从前沿河只有一排旧式江南民居，再远处就是农田了。现在，在黑夜里，满眼的灯火伸向远方。显然，那儿也已矗立起许多高楼大厦。

哲明想象见到罗志祥的情形。假设罗志祥这会儿来到对面的座位上，会怎样？他想不出来。他想找到罗志祥，但他没有准备好面对他。好像在他们面前有一个深渊，见面后他们会一起坠入其中，万劫不复。

哲明闭上眼，摇了摇头，像是在安慰自己："怎么可能呢，我恐怕这辈子都见不到他了。"这个念头让他放松下来。

午夜时分，有一个女孩来到他面前，说："先生，给我买杯酒喝吧。"

二

早上醒来，哲明感到头痛。昨夜怎么回旅店的他已经记不清了。是那女孩送他回来的吗？

像往常一样，整个早晨是幸福旅社最安宁的时光，悄无声息。哲明还是一早就起来了。幸福旅社不提供早餐，他下楼，准备去中心街买一对大饼油条吃。服务台那姑娘仿佛突然对哲明感兴趣了，目光一直跟随着他。

阳光很好。哲明买了一对大饼油条，还要了一杯热豆奶。他坐在旅店门口的台阶上，一边喝豆奶一边吃油条。他感到那女孩的目光一直在他的背上。他回头看了看女孩,女孩的目光这会儿和善多了。昨天她眼里有一种瞧不上人的劲儿。

"喂,你是干什么的?"那女孩问。

"你说我是干什么的?"

他想逗逗这个女孩。她长得不错,只是有些自以为是。

"昨晚你喝醉了,一个女孩送你回来的,要进你房间,你死活不让她进。"

他记不得了。不过他记得那女孩的模样,还算妖艳,穿着一件吊带衫,胸口的风情故意让人看得见。他自己倒并不吃惊,十年来他几乎没碰过女人。当然会有一些艳遇,总会有女孩莫名喜欢上他,最后都不了了之。想起这些,他满怀伤感。

女孩大概因此对他有了些好感。她说:"我以为你也是干那一行的。"

"哪一行?"他问。

那姑娘脸红了一下,没回答他。他在心里骂了一句娘。看来幸福旅社住着的都不是正经人。

他把最后那点儿大饼油条塞进嘴里,拍了拍屁股上的尘埃,来到服务台前。他说:"我好像哪里见过你。"

"不可能吧?"姑娘慌了一下。

"我十年前来过这里,那时候镇子还很小,马路上到处都是尘埃。"

那姑娘仰视着他,目光变得十分冷静。她在观察他。她目光里有一种和她年龄不符的沉着。这是她长年冷眼旁观幸福旅社的女孩而养成的职业目光吗?还是她在心里讥讽他所谓的"见过"只不过是勾引女孩的老掉牙的招式?

"你今年几岁?"

"十九。"

"哦,那我不可能见过你。你那时才九岁。"

哲明回头看了看阳光下的小城。阳光从大门外涌入,分外刺眼。

"你来小镇干什么?"女孩问。

"我来寻找一位朋友。我们有十年没见面了,我不知他如今在哪儿,下落不明。"

"女朋友?"

"不,男的。"

那女孩僵硬地点了点头,目光闪烁。

三

哲明在酒吧那儿找了份临时工。前几年哲明在永城开过一家酒吧,因此会调各式各样的鸡尾酒。他这点儿功夫足以让小镇酒吧的老板叹服了。薪资不算太高，他一点儿也不计较。他只想在这个小镇逗留一段时间。

"你们为什么不联系了？你们吵架了吗？"酒吧老板问。

"没有，从没吵过架。"

"有点儿奇怪。"

"我也觉得。"

"你盼望他某天也会到这酒吧里来吗？"

哲明茫然了。他知道老板正看着他。他没和老板目光交集。也许老板道出了他的心思。他即便有这个想象，理智告诉他，罗志祥不会出现在这个小镇，天下没那么巧的事。

哲明此次来也是鬼使神差。他也许不该来，更不该在这个地方驻留。"我究竟想干什么呢？"他这样问自己时有些茫然。他心里有一些事需要解决掉，他不知道如何解决，似乎只有在这儿待一阵子，才能找到解决之道。不过理智告诉他没有解决之道。

他看了看酒吧里那个弹吉他的男孩。他弹得真不错。男孩修长的手指在琴弦上跳动着，如跳动的音符本身。有时候男孩还会唱几句英文歌曲，《离家五百里》，英文发音不是很准，声音倒是干净明丽。

哲明喜欢安静。他去过丽江。丽江的酒吧太闹了，整条酒吧街都在唱凤凰传奇的歌，令他的胃液滚滚翻腾。

酒吧里的客人大都是外地人。也有和他同住在幸福旅社的男孩和女孩。他们假装不认识他。其中的一个女孩没坐多久就和一个陌生游客出去了。

幸福旅社服务台那姑娘名叫杜娟。一个很平常的名字，但确实能让人一下子记住。杜娟听说了哲明在酒吧打工。有一天，哲明半夜回来，她叫住了他。

"你打算长住？"

"我不知道。"

"你如果要长住，你可同老板娘说一下，这样可以便宜点儿，像她们那样。"

"你不是老板娘吗？"

"想哪儿去了。我只是打工的。"

"噢。我考虑一下。"

"你真怪，这有什么好想的，你很有钱吗？"

"我有钱的话会住这里吗？晚上都吵死了。"

女孩会心地笑了一下。

女孩的耳朵上一直塞着耳机，脖子上挂着一个有些年头的MP3，长条形，显示屏相当简陋。他猜想她大概想用音乐抵御那些夸张的声音。

哲明一直没和老板娘说包住的事。他自己都不知道会在小镇滞留多久。

工作日的白天，酒吧没客人，哲明对老板说想去小镇走走。老板说：去吧，小镇现在到处都是文艺女青年，你这样的帅哥会有艳遇的。

哲明知道老板只是在逗他开心。这是他要的工资不高的好处，老板对他格外客气。

哲明往小镇深处走，巷子的石子路狭窄，弯弯曲曲的，两边都是木结构老建筑。所谓的老建筑都翻新过了，整得像那么回事，用于卖当地特产和旅游纪念品，已不住人了。哲明记得十年前，这些建筑虽然破败，屋子里是住着小镇居民的，屋外到处都是居民自接的自来水龙头。那年夏天，在哲明的记忆里，他总是满头大汗，经常拧开自来水龙头，洗一把脸。

一会儿，哲明逛遍了老建筑群，穿过西边河道上的一座桥，出了小镇。眼前就是田野，有一条柏油路拐弯抹角地通向远方。远处有一个湖泊。哲明看了看那个湖泊。从远处看，湖泊的水面一动不动，在阳光的照射下，明晃晃的，像一面巨大的镜子。哲明打算去那儿看看。

哲明没走柏油路，他是从田野上穿过去的，这样路可以近不少。当他再次出现在柏油马路上时，看到一辆自行车停在那边,一个女孩骑在上面,一只脚踮在地上。是杜娟。

"你怎么在这儿?"两人几乎同时问出这句话。

杜娟显然很开心,笑出声来。她指了指远处的一片水杉,说:"我在那儿玩呢。"

哲明看了看湖边的水杉林。哲明记得十年前,那片水杉刚种下不久,树干只有手臂那么粗,如今水杉已然长大,同湖泊边别的植物比,高大的水杉立在那儿,蓬勃地刺向天空,比周围的植物高出一大截。

"今天不用管旅店?"

"今天休息。我们两个女孩轮流的。我管三天,休息三天。你呢,不用照顾客人?"

"工作日没客人,你知道的,幸福旅社的客人都还在睡觉呢。"

女孩笑了,笑得意味深长。哲明注意到女孩的肩上背着一个双肩包,不过双肩包是挂在胸前的。哲明不清楚这是一种时髦还是出于自我保护。

"我经常去那儿玩。"杜娟说。

"什么?"

一会儿哲明才明白了杜娟的意思,哲明脸上露出茫然的神情。

"你有心事吗?"女孩问。

哲明摇摇头。哲明看了看女孩，她看上去清爽单纯，不过以哲明的经验，看上去清纯的女孩不一定是简单的，女孩的气质是最不可靠的东西，往往出自男性的一厢情愿。

有一点儿可以断定，这女孩不怎么合群，喜欢独来独往。难道她就是酒吧老板说的文艺女青年吗？"土生土长的小镇文艺女青年。"哲明嘴角露出笑意。哲明想，她可不是老板嘴里的艳遇对象，传说中的艳遇对象应该是来小镇旅游的文艺女青年。

四

一天晚上，杜娟突然来到酒吧。她独自一人来的。她显然精心打扮过，施了粉黛，涂了口红。口红涂得不好，她原本稍显宽大但不失清纯的嘴看起来有些脏脏的。他很想告诉她，她还是素面朝天比较可爱。

她坐在吧台边，对哲明说："给我调一杯颜色最好看的吧。"

哲明给她调了一种低度数的鸡尾酒。他知道酒这种东西害人。他不清楚杜娟的酒量。他不喜欢看到这姑娘喝醉。

他自己倒是喜欢酒的，有点儿迷恋这种东西。精神压力大的时候，一杯酒下肚，整个肠胃都暖洋洋的，人顿时变得松弛下来。但过分松弛也是危险的，他往往在放松的时刻失去节制，结果就喝高了。所以酒害人。在酒吧工作时，他不喝酒。在酒吧，他只是想象一下自己调出的酒的味道，滴酒不沾，好像这是他对自己立下的戒律。

她接过酒的时候说："哗，很好看。"

她仔细观察起来："有几种颜色？蓝色，金色，乳白……那金色好亮。这酒叫什么名？"

他摇了摇头，说："你愿意叫什么，它就叫什么。"

她沉吟了一会儿，说："它像一个梦境。"

她能说出这个句子还是让哲明吃惊的。哲明以为她只是一个在庸俗生活中稍稍出淤泥而不染的女孩，应该脱不了庸俗的底子的。她说出这句话时看起来真的像个文艺女青年。当然哲明并不觉得文艺青年就不庸俗，他就是一个很好的例子，一个老文艺青年，庸俗并且不堪。

她喝了一口，皱起了眉头。

"没酒味，像汽水。你给我放点儿辣的，劲儿大一点儿的。"

"你酒量很好吗？"

"从来没有醉过。"

哲明给她加了一点儿伏特加。没有多加。他真的害怕看到女孩子醉酒的样子。在自己开的永城酒吧做调酒师的时候，他多次目睹女人喝醉的样子。一些是买醉的女人，大都是伤心人。一些是一时高兴，喝着喝着就失态了。醉酒的女人千姿百态，什么样的都有，都不好看。女人是美好的，看过她们醉酒的样子，哲明就轻易不用"美好"这个词语了。

有一阵子，客人特别多，杜娟坐在临河的位置看窗外。河底有一轮明月。哲明想起一句诗：千江有水千江月。后来，杜娟坐在吉他手边上，唱了一首歌。《千千阙歌》。用广东话唱的。哲明不清楚她的发音是不是准确。不过唱得不错，像那么回事。

中途酒吧里有两个男人吵了起来。为争一个女人。那女人哲明认识，也住在幸福旅社里。眼看着他们借着酒劲要打架，哲明和老板各自抱着一个男人，把他们拖开。哲明叫了无数声"大哥"，说了无数的好话。等劝开后，哲明听到杜娟叫了一声"你在流血"。哲明低头看到自己手被划破了，血正往外涌。

哲明去吧台后面的厨房洗了一把，回来的时候，杜娟已移到吧台喝酒。哲明用一只手按住创可贴。杜娟目光炯炯看着他，说："你还挺仗义的嘛。"

"这算什么。"哲明不是谦虚，在这行业，比这更狠的事都见得多了,不过哲明不想谈自己,他转了话题。

"你刚才唱得不错嘛。"

"是吗?"

"哪儿学的,听MP3?"

"我去过城里。"杜娟看着哲明,眼中有某种挑衅的意味,好像在表明她也是见过世面的,"我高中同学让我去的。"

"怎么又回来了,城里不好吗?"

哲明拿起一块抹布,擦了一下吧台。

"我是被骗去的。"杜娟说,"我同学说,城里钱来得快,让我一起发财。我去了后才知道,她干的活同幸福旅社那些女人一样。"

杜娟的脸上露出一种奇怪的正义感,哲明第一次见到她时她就是这种表情,好像她不把正义感写在脸上不足以表达对这类女人的蔑视。

"你可以干别的啊。"哲明想了想,又说,"算了,外面太乱了是不是,你还是待在这镇里比较安全。"

"不,我想离开这儿,但我在城里找不到正经工作。"杜娟看他的目光刹那间有些破碎,有一阵雾一样的东西从眼睛里升起。

哲明假装没有看到杜娟的忧伤,把目光投向别处。他不清楚杜娟何以如此,他不了解这个姑娘。

一会儿，哲明去照顾另一位女客人了。那位女客人是个旅游者，她要了一杯"血玛丽"，一看就是懂得这种鸡尾酒的人。她喝了一口，呼出长长的一口气，说："没想到在这镇里也有这么好的调酒师。"

哲明忙完后，在酒吧里找杜娟，杜娟已经走了。哲明的心里竟然有些不安。他深究自己的内心，刚才有没有故意冷落杜娟。确实是有的。他希望杜娟没有感觉到。

哲明发现杜娟留下了一张纸条。杜娟的心很细，纸条放在哲明常用的开酒瓶的工具箱里。纸条上面只写了一行字：

我好像在哪里见过你。

哲明想起自己对杜娟说过同样的话。她这留言是什么意思？哲明一时有些惊心。后来他想，她只是在反讽他而已。

五

也许因为酒吧的那一出，杜娟对哲明特别热情。

一天，杜娟递一本书给哲明，《如何调制鸡尾酒》。

"看这个干吗？"

"我想学这个。"

"学这个没用。"

杜娟摇摇头，哲明也摇摇头，哲明说："没有女孩干这个的。再说了，你都还没吧台高。"

"谁说的？我可有一米六。"

哲明看了看杜娟，想象了一下她调酒的样子。她太单薄了，怎么看都不适合。哲明还想，酒吧这种地方不见得有幸福旅社安全。这种地方，人一喝醉酒，免不了丧失理智，什么事情都干得出来。杜娟这种姿色不俗的姑娘，免不了会被骚扰。

"你能教我吗？"

"不能。"哲明回答得相当坚决，几乎脱口而出。

杜娟的目光一下子从刚才的兴奋转变成了某种失望的荫翳。像是为了安慰杜娟，哲明说："这玩意儿不好学，需要经验和灵感。"

当天晚上，杜娟还是来到酒吧。杜娟安静坐在那儿，也不要酒喝，只是直愣愣看着哲明调酒。

酒吧的生意很好，人们听说哲明能调出五颜六色的酒后，都来品尝。哲明想这些旅游者太无聊了，他们就想见些新奇的事，在他们眼里，他的角色大概同一只猴子差不多，他们只想在无聊时围观他。他摇着酒器，忙个不停。

"体力活。"他对杜娟说，"你不来一杯？今天我请客。"

杜娟说："你给我调一杯'彩虹'。"

这是杜娟在那本叫《如何调制鸡尾酒》的书中看来的。她叫不出酒的名字了。鸡尾酒的名字都有点儿怪。她只记得那款酒的颜色像挂在天边的一道彩虹。哲明点点头，开始替她调制。十五分钟后，装在高脚玻璃杯里的"彩虹"放在了杜娟前面。面对这件"艺术品"，杜娟不知如何下手。

"快喝吧，碰到空气后，味道会改变。"

杜娟喝了一口。先是感到酸酸的，接着舌苔品出苦味，然后辣在口腔里，有一种让人想流泪的爽劲。杜娟无端想象洋葱跑进了眼里的感觉，感到眼泪似乎真的被刺激出来了。

"不好喝？"

"好喝。"

杜娟从酒杯的侧面看酒色，不经意地问："你是gay吗？"

杜娟的声音细得好像是从"彩虹"里生出来的。

哲明听清楚了，吃了一惊，说："你也知道gay？"

"你这不是瞧不起人嘛。"杜娟看了他一眼。

"对不起,我没这个意思。"

哲明在制作一种新的鸡尾酒。老板过来同他耳语了一句。哲明点点头。他刚想走,杜娟没放过他,问:"你是吗?"

"你觉得我像gay?"哲明没生气,只是有点儿哭笑不得。

"你看起来像个不近女色的人。"

"你放心吧,我不是,我对男人没兴趣。"哲明笑了,笑得很欢畅。

杜娟看了看哲明,将信将疑。

"那你为什么到这里来找你的朋友,还是个男的。"

"我们之间有一些问题。是男人之间的事。你不懂。"

酒吧的电视上正在播放一则纪录片。这是一个音乐酒吧,有驻场吉他手,电视机是静音状态。纪录片播的是迈克尔·杰克逊传奇人生,一个月前这位流行天王意外离世,整个世界都在纪念他。

哲明对付完一位酒客,走过来对杜娟说:"我到这儿也不完全是为了找他,我想他不可能在这儿的。他不会来这儿。"

空下来的时候,哲明会想想酒吧老板口中的"艳遇"。在这个被称为"艳遇之地"的小镇，有艳遇并不奇怪。哲明并不觉得自己多有魅力，很多时候甚至有点儿讨厌自己，奇怪的是总有一些姑娘莫名喜欢上他。杜娟是这类姑娘吗？哲明觉得不是。哲明对这种事的感觉很灵敏。有了这个判断后，他觉得可以对杜娟热情一点儿。

一天，哲明在整理旅行箱时，看到一只绿松石制成的平安扣挂件。记得是一次去一个绿松石产地玩时买的。有一阵子，他喜欢脖子上挂件饰物，手指上扣只银戒。不过他发现来酒吧的时髦青年都戴挂件银戒且文身时，他就不再戴了，这个爱好像一阵风一样过去了。他想起杜娟洁白的脖子，想象她戴上它的样子，觉得会很好看。他打算送给她。这挂件大概扔旅行箱里很久了，他都想不起是什么时候放在旅行箱里的。

哲明来到柜台，对杜娟说："送你个东西。"

杜娟看了看绿松石挂件，说："凭什么送我东西啊？"

"不值几个钱，不过你戴着会很好看的，真的。"

杜娟犹豫了一下，收了下来。

"这就对了。我可能马上要回城了，我想以后不会再来了。"这是实话，在小镇待了一段日子了，这几天哲明一直在考虑离开这个小镇。

杜娟看了哲明一眼，严肃地说："那我也得送你件东西，送别礼。"

哲明指了指杜娟的MP3，说："好啊，你不会是送我这个吧？"

杜娟说："这个不行，不值钱了，再说没这个我会被她们吵死的。"

他们会心地笑起来。

杜娟虽然收下了挂件，不过并没有戴。这让哲明松了口气。如果她戴着这挂件，他会尴尬的，好像他和她之间真的有某种秘密似的，而且会让她显得特别傻。看来她是个聪明的姑娘。这很好。

有一天上午，哲明去酒吧上班时，看到杜娟的脖子上有伤。送了杜娟绿松石挂件后，哲明总是不自觉要瞥一眼杜娟的脖子。他吓了一跳，脖子上的伤挺严重的，像是被某利器割伤了一样。哲明指了指她的脖子，问："怎么回事？"

杜娟用手掩住了自己的伤痕。她显然不愿有人发现伤疤。这让哲明意识到这伤不是偶然的产物。哲明竟有些揪心，他把杜娟的手移走。伤口笔直的一道，不过已经闭合，无大碍，也不至于留下后遗症。杜娟强忍着，可眼中还是一下子蕴满泪水。哲明不敢问下去是怎么回事。哲明小心地抚摸了一下杜娟的伤处。

杜娟的身体颤抖了一下。杜娟保持了尊严，没让泪水掉下来。

"没事。"她努力微笑了一下，笑得有些辛酸。

哲明去酒吧的路上，脑子里不能抹去杜娟刚才的笑容。他无端替杜娟忧心。

第二天，哲明去马路边买早点，发现杜娟没来上班。哲明回来的时候看到柜台边坐着另一位姑娘，他想，杜娟又到了休息日。

六

哲明还在沉沉睡着的时候，房间门敲响了。哲明喜欢光着上身睡觉，他拿起身边的T恤，迅速套上，然后开了门。

是杜娟，她看起来很高兴，同前次见到的判若两人。他注意到她脖子上的伤也全好了。

"你今天不是休息吗？"

"是啊。"

"那你来旅店干吗？"

"我来看看你，不能吗？"

哲明让女孩进了房间。哲明还没来得及洗漱。他让杜娟坐会儿，进了洗手间，迅速地刷了牙，洗了脸。

从卫生间出来后,发现窗帘拉开了,原本凌乱的被窝也铺平整了。杜娟正坐在靠窗的椅子上,笑眯眯地看着他。他想,毕竟是旅店从业人员,勤快、能干,不像如今的女孩,什么都不会干。

女孩从双肩包里拿出一包豆奶和用纸包着的大饼油条。一股食物香味迅速地窜入鼻孔,哲明空荡荡的肚子一阵痉挛。

哲明的思维没有跟着饥饿的肚子跑,他刻意对杜娟保持着适当的距离感。这个女孩究竟是有些特别的。他们之间的交集还不至于让她一早跑来找他。她平时在幸福旅社里是多么瞧不上那些女孩,难道不觉得一早来他房间有些轻浮吗?

他接过食物,大嚼了一口。

"香。"

女孩笑了。

"你吃了?"

她点点头。

"你找我有事?"

他尽量显得大大咧咧的。

"我今天带你去一个地方玩。"

"哪儿?"

"你跟我走就是了。我带着酒呢,我们野餐去。"

哲明想他还没跟酒吧请过假呢。不过请不请假倒无所谓，反正马上要走了，如果老板生气，刚好成为离开的理由。

哲明犹豫之际，看到杜娟企盼的表情，意识到女孩似乎对他另有所图，也许根本不涉友谊，更不涉及男女之情。看来是他自己有些自作多情了。这样一想，哲明反倒有些不甘。他的身体语言情不自禁地暧昧起来："真的很好吃，你要不要来一口？"

女孩在他吃过的地方咬了一口。那一口咬得哲明惊心动魄。

他骑着女孩的自行车驮着女孩。女孩背着一只双肩包，很自然地搂着他的腰。在女孩的引导下，他们出了小镇。他问女孩去哪儿。女孩指了指小镇不远处湖泊边的水杉林，说我们去那里。哲明一个急刹车，女孩的身体重重撞在哲明的身上，差点儿从自行车上滚落下来。

"你怎么了？"女孩问。

"去那儿干吗？"哲明皱了一下眉头。

女孩已下了自行车，说："你瞧，水杉那儿有一块草地。我喜欢那儿，经常上那儿去玩。"

哲明抬头，茫然看了看天空。天很蓝，好像天上有什么在看着他。他掉过自行车车头，说："我们别去那儿,那地方没阳光。"

阳光被水杉挡住了。

"天这么热,阴凉一点儿不好吗?瞧你都出汗了。"女孩说。

哲明没说话,又骑上自行车。哲明带着女孩漫无目的地往另一条道上骑。他的心情忽然恶劣起来,有点儿后悔今天同女孩出来。女孩大概看到哲明脸色难看,神情变得有些沮丧。

一会儿,女孩指了指湖的北边,用尽量欢快的语气说:"要不我们去那儿吧。"

湖的北面有一座小山,小山上有一座水塔,水塔边上到处都是植物。

"看到那水塔了吗?以前小镇的自来水都来自那儿,现在废弃了。听说在那儿要给一个名人造一座美术馆,是我们这儿的人,早先去了美国,最近突然在国内红了起来。"女孩说。

哲明知道这位名人。这些年文艺青年都知道这人。但哲明不喜欢这人。

哲明向湖的北边骑去。一会儿,他们来到一个小山包脚下。那儿的植物比想象的要丰沛。在水乡,大概什么东西种下去都会繁茂生长。离湖二百米的山坡上,那水塔耸立着。水塔的水泥外墙已被风霜和雨水染成黑色，有些地方水泥脱落，绿色的苔藓从水泥缝中长出来。

哲明把自行车放倒在一棵树边上。从这儿可以看见湖泊对岸那片水杉，距离让水杉显得不那么醒目。他又看了看天空。蓝色的天空一丝白云也没有。二百米外的湖泊，镜子似的割出天空的一部分。湖面的太阳分外晃眼。

女孩子已在一棵树下铺好了一张尼龙纸，有一堆零食放在尼龙纸上面，除了面包，还有从超市买来的鸭掌、鹅肝和豆腐干。女孩正从双肩包里掏一瓶高粱酒。哲明没想到女孩的双肩包藏着这么多东西。一定很沉吧，哲明想，早知藏着这么多东西应该他背着才对。女孩大概为这次野餐做了精心的准备。也许在这个小镇，女孩能想出来的最浪漫的事就是野餐了。

有那么一刻，哲明的心里掠过温柔的怜惜。不过，他马上制止了这种情感。哲明告诉自己这种情感是错误的。他觉得自己有点儿鬼使神差，竟然同一个女孩约会。

哲明认不出这片林子的植物叫什么名字，叶子和板栗树有点儿像。他也不想问女孩这树是不是能长出板栗。他没兴致问。树冠挡住了太阳，哲明在树荫里坐下。有一道低矮的围墙拦住了通向湖边的路。围墙的那边也是植物,哲明认出来,那是南方常见的苦楝树,细碎的叶子间正开着紫白相间的花。

女孩指了指对面的那片水杉林,说:"我休息日喜欢躺在那儿,有时候睡着了,会做梦。"

哲明没有问她梦见了什么。

女孩拿着那瓶高粱酒,对着哲明扬了扬,脸上露出诡异的笑容:"我爸那儿偷来的,我们家的人酒量都很好。我爸是个酒鬼,常常喝醉。"

她把酒递给哲明。哲明没有拒绝。他甚至想都没有想就把酒倒到嘴中。他需要用酒放松自己。是烈酒。哲明被呛着了。他凶猛地咳嗽。

"看来你不会喝酒。"女孩说。

仿佛在驳斥女孩的话,哲明又往口中倒酒,这次他感受到一股辣辣的暖流在胸腔扩展。女孩赌气似的夺过酒瓶,也往自己嘴中倒,倒得更多。他们好像在比赛谁的酒量更好。

"我喜欢酒。酒是个好东西,可以把不高兴的事忘掉。"女孩说。

酒确实是好东西,但有些时候酒是魔鬼。哲明想说一些话,但他不知道同女孩能说些什么。他们缺乏了解。哲明有些晕眩,也许是因为女孩身上的香味,也许是刚才突然生出的恶劣心情的延续。像是为了不使自己晕眩,他又往嘴里灌了酒。女孩一直在说话。她在说幸福旅社的姑娘。

"住在幸福旅社的姑娘们虽然干着这种事,我知道她们都在等一个白马王子,盼着有一天,有一个真命天子把她们带走。"

她抬头看了看哲明,喝了一口酒,又说:"有些姑娘真的被带走了,但对方大都是很老的男人。你觉得对她们来说这是件幸福的事还是不幸的事?"

哲明心不在焉。喝高了吗?她的话此刻进不了他的脑子。一阵风吹来,湖中反射的阳光变成了碎片。这会儿他整个身子像着火一样,但奇怪的是身上的汗水反倒收进去了,他甚至感到自己的肌肤是寒冷的。

"我讨厌这个小镇。"女孩突然说。

"什么?"哲明没听明白。

女孩没理他,继续说:"你是个好人。如果你愿意,你可以带走我。我想离开这个地方。"

女孩眼眶突然间湿润了,眼睛里瞬间布满了哀伤。哲明一时不明白她为何这样。她的表情和她说出的话把哲明吓着了。难道她喝醉了吗?

哲明觉得应该安慰她一下,问:"你怎么了,怎么突然哭了?"

女孩没有回答,她突然紧紧地抱住他。她在抽泣,泪水沾在他的脸颊上。他意识到这抽泣连接着很深的痛苦。哲明并没有用劲儿搂女孩,他显得有些局促。他又一次闻到女孩的香味,比刚才风送来的更浓烈。

后来女孩止住了哭。她说:我去湖里洗把脸。然后翻过那并不高的墙,消失在湖边的苦楝树丛林里。

一会儿,女孩在林子那边叫他。哲明过去时,发现女孩赤身裸体躺在一片草地上。哲明脑子一片空白。他闭上眼睛,可脑子里依旧是女孩白得耀眼的身体。那身体非常美好,袒露的乳房小巧而精致,只是女孩的身体是僵硬的,好像在抗拒即将到来的伤害。她的身体看上去有些破碎的气息。他还注意到她的脖子上挂着绿松石挂件。刚才没有的,她是特意挂上去的。

哲明没靠近女孩,转身返回水塔边的树林里。他想逃回小镇,但他知道这样会伤害到女孩,他强迫自己坐在那堆放着食品和酒的尼龙纸上。

过了大约半小时,漫长的半小时,女孩回来了,她的神情显得特别清纯,甚至有些笑意,好像什么也不曾发生过。哲明突然觉得自己亏欠了女孩。他想弥补。他主动拥抱住女孩,女孩突然发火了:"放开。"

哲明没有放开。

女孩拼命挣扎,好像这会儿哲明正在对她非礼。一会儿,女孩又一次哭泣起来:"我要离开这个该死的地方,知道吗?我姐姐跑了,失踪了,至今下落不明。知道她为什么跑吗?"

哲明点点头。

"你不会知道!"

她泪流满面。

"我恨我的家,他一喝醉酒就乱来,他是个禽兽,他不放过我姐,也不放过我。我要离开这个地方,永不回来。"

七

从湖边回小镇的路上,哲明明显感到身后的女孩与自己之间的距离。她的双手不再搂着他的腰。他担心她会从自行车上掉下来。他想,她对他一定很失望。

在进入小镇临河的酒吧街时,女孩跳了下来,说:"你忙去吧,我自己回去。"

哲明一定要送女孩回家。女孩没有拒绝。

自行车过了酒吧街,拐进了一条深巷。两边都是老屋,墙体黑迹斑斑,墙根处生满了白硝。有几家的窗台上放着花盆,开着细碎的红色或蓝色的花朵。巷子里吹来一阵风,夹带着阴沟水的气息。一个老太太坐在自家门前,看着他俩,目光呆滞,脸上没有表情。

一会儿，就到了女孩的家。是一栋破旧的两层小楼，南方常见的那种旧屋。墙体刚刷过白，不过瓦片有些凌乱，瓦片上生出几棵不知名的小植物，在阳光下显得生机勃勃。

哲明把女孩送到家后，准备离去。这时候，屋内传来一声巨响。哲明吓了一跳。女孩也愣了一下。哲明回过头，向屋子里望。有一个身影从屋子里闪了一下。不过他没看清，也许只是他的幻觉。

"小偷吗？"他问。

"不知道。我家没什么东西好偷的，只有土制高粱酒。可能是猫吧，有一只野猫经常到我家里来。"

哲明还是不放心，他觉得应该陪女孩进去看看。

哲明跟着女孩走进她家的客厅。屋子里面很整洁，哲明想这是一户爱干净的人家。哲明想起女孩替他整理房间的样子，很利索。他心里忽然有一丝感动。看着屋内的陈设，就在这时，哲明看到了客厅的墙上挂着一张照片。哲明愣在那儿，好像在那瞬间，他遭受到了雷击。有好一阵子，他都不敢相信。女孩看了看呆若木鸡的哲明，警觉地问："你怎么了？"

"她是你姐？"

"你认识她？"

"不，不认识。"

"我以为你在城里见过她。她十年前离家出走，再没回来。"

"没见过。"他再次说，声音小到几乎在喃喃自语。

让哲明没想到的是杜娟辞去了幸福旅社的工作。哲明听另一个前台的女孩说，杜娟离家出走了，一个人去城里了。哲明愣住了，他感到后悔，他本可以帮她的，他没有。她说得对，对一个女孩来说，城里也是凶险的，可她还是去了。哲明不知道杜娟去了哪里，他还能见到她吗？如果能碰到她，他会帮她的。他甚至可以把自己的屋子让给她住。

哲明决定离开这个小镇。这次是永别，他想他不可能再来这小镇了。老板想挽留他，不过老板是个聪明人，知道哲明不会在此久留的，在表示惋惜的同时，希望哲明以后多来小镇看看他。哲明只是微笑。

离开小镇的那天，哲明从幸福旅社出来，不由自主往女孩的家走。上午十点钟的小镇，人们都在上班，小巷子里空无一人。女孩家的门锁着。他打算撬门进去。他不知道自己为什么想看看那张照片。这是一个怪异的念头，简直和他的愿望完全相反。十年来，他一直在努力忘掉她，现在他却想再看她一眼，仿佛唯有这样能带给他安慰。

他用身份证插入门缝，司毕灵啪的一声打开了。

他深吸了一口气。

他站在客厅的墙边，仰视那女孩的脸。

十年前，就在那间酒吧，他和罗志祥认识了照片上的女孩。当年他和罗志祥几乎同时喜欢上了这个女孩。因为她的缘故，两人在小镇多滞留了一个礼拜。当年这个女孩就在这间酒吧打工。那时候，哲明和罗志祥还是少年，血气方刚，经常干些出格的事。他们还不知道如何讨女孩欢心。那个星期，哲明和罗志祥整夜围着她打转，一起喝了很多酒。而女孩作风豪放，喝酒生猛，好像内心深处有某种悲哀让她想要发泄并毁灭自己。最后一个夜晚，他和罗志祥都喝醉了，他们和女孩一起从酒吧出来，他们想和她发生关系，她断然拒绝。在恶念的驱使下，借着酒劲，他们把女孩按倒在地。女孩高叫起来。夜深人静，女孩的叫声非常恐怖，令他们胆战。他使劲按住了女孩的嘴，而罗志祥则死死掐住了女孩的脖子。

当他们清醒过来，女孩已经死了。他们不知道如何处理这事。后来,他们趁着黑夜,背着女孩来到湖边，挖了一个坑，把女孩埋了起来。那儿生长着一片刚种下不久的瘦小的水杉。如今那些水杉已变成参天大树。

他站在照片前面，他听得到自己的心跳。他好像在某个梦境中，他想象自己把椅子移到墙边，爬上去时，因为双脚打颤，差点儿从椅子上跌下来。相框牢牢地钉在墙上，他使了好大的劲，就像当年，他使劲按着女孩的嘴巴。

他已经分不清是幻觉或现实。他觉得背后有人盯着他。他紧张地回过身来。他听到了一声尖叫，然后他看到了一双熟悉的眼睛在窗外。等他反应过来，那人低着头迅速离开。

梦境还在继续吗？他是追出去了吗？他此刻意识迷乱。好像那个人是从他的心头幻化出来的，他看到一个苍老的背影迅速消失在街巷尽头。他听到自己的声音在寂静的巷子里响起："罗志祥，是你吗？"

在莫斯科

在莫斯科进关时，我们遇到了麻烦。外国人入关通道排着一望无际的长队。随队的翻译拿着我们的护照和资料在前，我们紧跟其后。终于轮到了，来了一个严肃的女警察，很漂亮，只是有些胖。她把我们带到一间屋子，不再理睬我们。我看到她出门时，一个小伙子拍了一下她肥硕的屁股，我从她背面能感受到她的笑容，因为她走路一下子欢快起来。

我们三个人都看向翻译老于。老于其实不算正式的翻译，他是外办派出的，当兵时在潜艇干，曾在俄罗斯培训过。刚才他还在说，俄罗斯人都尊重作家、诗人，我们入关毫无问题。现在问题出来了，我们问是怎么回事，老于也说不清，他说：我可把你们隆重介绍了，作家、诗人，他们就把我们带到这里。

看来老于也没摸清状况。我们一路上都听老于在吹嘘自己俄语讲得好，现在算领教了，初试即告破产。

连他都说不清原因，我们更是茫然。刚才在飞机上俯视一望无际的俄罗斯大地的好心情一下子没有了。我倒并不急，急的是团长周粟，等了半个小时没人理我们，周粟的脸色就焦虑了。幸好周粟深谋远虑，出国时查问到了我国驻俄大使馆的电话。他拿出手机拨通了电话。

一会儿，那个胖美女警察又来了，还是很凛然，仿佛我们都是囚犯。她把我们领到那个拍她屁股的小伙子面前，那小伙子在我们每个人的护照上都啪啪啪啪盖上了印章，然后我们就莫名其妙地入了关。我观察夏小天，他是个诗人，刚才在飞机上他还好心情地写了一句诗："即将踏入俄罗斯土地，我希望帕斯捷尔纳克灵魂附体。"但这会儿他脸色铁青，简直像恶魔附体。中国人，尤其是像我们这种职业的作家，经常对俄罗斯土地充满了向往和想象，但那一刻，我们没有任何感觉。还是祖国亲啊。感谢大使馆。

出了机场，却没有等到旅游公司安排的地陪。周粟自言自语：是不是我们耽误了，他没接到我们？那他也应该打个电话啊。周粟只好再拨电话。国际漫游，贼贵，周粟平时以节俭著称，这是割他的肉。我们都疲惫地望着他——不能不疲惫，我们都坐了十多个小时的飞机了。电话打通了，地陪告知正在路上，让我们稍等。

正是夏季，莫斯科的天要半夜才黑。现在是晚上九点，我看到机场上空飘浮着一堆圆锥型的白云，一动不动，仿佛机场上空盘旋着一架UFO。机场的大厅很拥挤，大厅里的人像我们一样恍惚。我们等了半天，饥肠辘辘，盼着地陪带我们饱餐一顿。但我们望穿秋水，不见地陪的影子。

正当我们已达忍耐极限，身后发出一声尖叫：你们是作家代表团吧？我们正目不转睛地注视着门外，听到声音都回头，发现一个奇怪的男人站在后面。很矮，当然不算是侏儒，比侏儒正常些，大概有一米五，人很胖，脖子很短，头硕大，眼睛很大，目光总是习惯性地躲闪。但我注意到他目光里有一种杂草丛生般的坚韧和固执。我们看他的眼神无疑有些异样，他显然已经习惯了，毫不介意。他解释：不好意思，莫斯科这鬼地方，动不动堵车。他这样说，再加上他的模样，我们不忍再跟他计较。接着他自我介绍：我姓劳，劳动者的劳，你们叫我劳老师好了。声音依旧尖利，有点儿像从港星曾志伟嘴里发出的。对了，模样也有几分像。

我们一行把自己和行李弄上面包车。面包车刚起动，地陪劳老师就说话了：你们在飞机上都吃饱饭了吧？那好，我们去饭店，莫斯科宇宙大饭店，五星级的。话说得喜气洋洋，好像俄罗斯是他的祖国。我们肚子正唱空城计呢，难道他想把晚饭替我们节约了？诗人夏小天突然咆哮起来：你他妈的什么意思？让我们在机场等了一个小时，还不让我们吃饭？我看夏小天的目光，恨不得把眼前的"侏儒"掐死。这目光我早已观察到了，见到这"侏儒"时差不多已露端倪。还是领导说话讲艺术，周粟拍了拍夏小天的背，让他少安勿躁，然后慢悠悠地说：如果你们没有安排，我们自己也可以解决的，但我们协议中是包括这顿饭的。劳老师马上改口：呀，你们还没吃晚饭啊？那好，我安排，先吃饭，再去旅馆。他同司机说了一个地名，转身对我们说：一会儿就到，莫斯科最好的中餐馆。

七转八转，终于到了中餐厅。门口挂着四只大红灯笼，在微明的莫斯科夜色中孤芳自赏地亮着，入口处置一雕花屏风，两边墙上挂着几幅字画，笔墨拙劣，不过骗骗那些外国佬足矣。旅游公司不管酒，夏小天发现店里有伏特加——机上他一直在谈伏特加，买了一瓶。劳地陪正和老板娘谈事，夏小天没给劳地陪倒酒。一会儿，劳地陪回到桌上，毫不客气地自己倒上一杯，喝了一口，呛着了。劳地陪一边咳嗽一边喘着气说：伏特加，够劲。美酒热汤下肚，刚才的不愉快就过去了。我们谈起入关那事儿,劳地陪接过话头,说:他妈的全世界最黑的地儿就是俄罗斯,整个一黑社会。我们都看着他,他大概觉得自己激动得过头了,讪讪地说:当然这事儿也不能全怪俄国人,也是中国人给惯的。接着他讲了一堆国人的坏话,大意是国人入境,经常夹带私货,为了顺利入关,护照里会夹一二百美金。现在俄国入关口那帮大爷认为中国人有钱,也不管你是不是良民,不付买路钱不放行。我们这才知道今天麻烦的缘由。

酒足饭饱,来到宇宙大酒店。劳地陪拿了我们的护照去办入住手续。我们在大厅等。这时夏小天拉了我一把,让我看大厅的酒吧。只见一溜的美女坐在吧台边,装扮性感,有几个姑娘正和一些西方游客打情骂俏。夏小天由衷道:她们真美。这一点我佩服夏小天,他有一双色眼,即使再累,心情再不好,也总能发现美好的事物。

等我们在房间住下,天已黑了下来。时间已是莫斯科时间十一点了。我站在窗口,看到戴高乐的雕像耸立在饭店广场上。

我和老丁一个房间。自我们被扣押在入关口,老丁一直讪讪的,一副很对不起我们的样子,来莫斯科飞机上的神气活现消失无踪。他确实有点儿乱了方寸,到房间竟递烟给我。我说：我不抽的啊。他说：噢，忘了。我不忍他负担这么重，难得出来一次，放松才对。我说：老丁，你这么多年没讲俄国话了，一时不适应是正常的，没必要有负担。老丁说：他妈的莫斯科人讲话口音太重，我们当年培训是在彼得堡，听的都是彼得堡话，那才是真正的俄语。我说：普京不是上台了吗？他应该让莫斯科人都讲彼得堡话才对。

我在看戴高乐时，老丁一直在打电话。飞机上他说过的，他有一同学在莫斯科做生意，成了大老板。他拨打几次都没接通，显得有些沮丧，进洗手间洗漱去了。就在这时，他的手机乍然响起，他猛然从洗手间出来，腰间只吊了浴巾，没系太紧，几乎要掉下来。他一边护着浴巾，一边扑到手机上。电话通了，是那大老板打来的。我见他一脸谄媚地笑，还不住地点头称是。他的屁股露在外面。

电话毕，他像是换了一个人，骄傲地对我说：同学请喝酒，要出去一下，回来可能会比较晚，你早点儿休息吧。要不……你一起去？我说：你去吧，折腾了一天，累死了。老丁再次进洗手间，草草洗了一把，带上从国内带来的一包礼物，出了门。

老丁回来，动静很大，把我吵醒了。我看表，已是凌晨三点，起来撒一泡尿。老丁说：你醒了？我没回答他，怕一说话就完全醒了，睡不回去。但老丁一脸兴奋，很有表达欲望，他说：我同学想宴请我们，后天晚上。我半闭着眼，没回答他，躺到床上后才说：这事儿你得同周团长说。老丁响亮地回答：知道。

第二天，夏小天一脸倦容。我问他怎么了，是不是找大厅酒吧的俄国小姐去了？他把我拉过一边，恶狠狠地说：找个屁，老周打了一夜呼噜，老子都没合上过眼，后来实在没办法，我在洗手间浴缸里睡了一晚。刚睡着，老周他妈的又来撒尿。老周尿频，晚上起来三次，气得我想把他的头按到抽水马桶里。我说：你也太娇气了。又好奇，问：老周见你睡浴缸什么反应？夏小天说：反应个屁，他闭着眼撒尿，没发现我受苦受难。我一脸讥讽地看着夏小天，一点儿也不同情他。昨天是他主动要求和周粟睡一屋的。夏小天是个透明人，从来不掩饰自己的目的，他对我说：得和团长搞好关系，下次他出国还带上我。说这话时他脸上的笑容无比天真。

这天，劳地陪倒是早早在大堂等候了。见到我们下楼来，呼地从大堂的沙发上蹿出，像一支箭一样射到我们跟前，着实吓了我们一跳——没吓着夏小天，因为他基本上还在半休眠状态。劳地陪说：你们明天有公干，参观行程我替你们做了些调整，今天安排得轻松点儿,关键景点等你们完成公干,放松下来后,再欣赏。周粟觉得有理。周粟相当重视这次公干。所谓公干就是参加一个读书节,有作品朗读会和图书捐赠仪式。夏小天吃早点时悄悄告诉我:周粟这个神经病,昨晚上还在排练朗读。周粟普通话不好,口音重,我想象他对着夏小天声情并茂的样子,心里直乐。这一点,我同情夏小天。

夏小天到了车上就睡着了,并且呼噜不轻。周粟嘲笑起他来:这小子,这么年轻,呼噜打得山响,昨天我把他赶到浴缸睡了。我奇怪地看了周粟一眼,但并不奇怪同一件事跳出两种说法,历史嘛从来就是站在书写的人的立场写就的,反正事实是夏小天这晚上睡在浴缸里。周粟没看我,和劳地陪聊起家常。周粟做了一辈子政工干部,善于做政治思想工作,自认为容易打开群众的话匣子。周粟问:劳老师,你什么时候到莫斯科的?劳地陪说:十年前。说得轻描淡写,我看出来了,劳地陪不愿谈这事。周粟没看出来,继续问:干这一行是不是很辛苦啊?劳地陪说:还行。周粟有一脾气,碰到越不容易打开话匣子的人,他越来劲。他继续:劳老师在国内也是干这一行的吧?谁知劳地陪勃然呛道:你查户口啊?周粟被噎着了,半天没缓过劲来。夏小天在后面咯咯咯地发出诡异的笑声，好像他占了天大的便宜。周粟回头瞪了夏小天一眼。我开口助周粟，说：我们是作家，懂吗？下生活了解民生是我们职业需要，你发这么大火干吗，有病啊？不想说拉倒。劳地陪说：你们想下生活？好啊，我带你们去艳舞厅，莫斯科的生活就在那儿，莫斯科到处都是艳舞厅，你们想去不？他一脸讥讽，料到我们不敢去。我和夏小天都看周粟，这事儿得他做主。周粟沉下脸来，不再吭声。刚才眼睛难得雪亮了一下的夏小天很失望地打了个哈欠。

接着劳地陪带我们去看各种各样的东正教教堂和私人博物馆，都不用门票，免费可进。我们都看出劳地陪这是在省钱，克扣我们的经费。我们心里都有点儿不高兴，劳地陪却说：我是老莫了，最知道哪儿才是好地方，这些地方才是你们作家该来的，人少安静。不过特列季亚科夫画廊还真不错，在里面我们看到了一些熟悉的画。列维坦的画。拍照合影。克拉姆斯柯伊的《无名女郎》。拍照合影。托尔斯泰的铜像。拍照合影。不得不说，旅游者都是合影狂。其实我们在教堂和博物馆也没看出什么名堂。见我们意兴阑珊，劳地陪问我们想不想去看莫斯科性博物馆。夏小天的目光又亮了一下。我见周粟的脸抖动了一下，断然说：按原定路线走吧。夏小天长叹一口气。莫斯科名人墓园倒在原旅游行程之内。在墓地我们找到了很多熟悉的历史人物。著名的赫鲁晓夫黑白墓地也顺利地找到了。我们心满意足。无论是逛博物馆还是访墓地，都很像童年时玩的一个军事游戏，事前有人在山上放上"敌军长""敌师长"等字条，然后上山捉俘虏，看谁捉得多。如果捉到"敌司令"，成就感不言而喻。我发现名人墓园很小，已经人满为患了。我杞人忧天地想，戈尔巴乔夫是占到地盘了，他死后可葬在赖莎身边，可普京百年后葬哪里呢？他可能希望葬到家乡彼得堡。听说，普京上台后，彼得堡人都有点儿瞧不起莫斯科人了。

然后就是逛著名的阿尔巴特大街。我对逛街一向兴味索然，走到一半就看到拐角处有露天酒吧，于是和老丁拐进去，一人要了一杯啤酒。六月的莫斯科还是相当清凉的，坐在高纬度稀薄的阳光下，喝着啤酒，看看街上不时走过的俄罗斯美女，我感到有了点儿度假的味道了。不得不说，俄罗斯小姑娘漂亮，她们不像欧洲人那样人高马大，颇有一种纤巧玲珑的风情，很符合我的审美趣味。我说出这个观点，老丁马上说：你去了彼得堡就知道莫斯科土，真正的美女都在彼得堡。我说：老丁，你怎么和普京一个调调？这么说来彼得堡是天堂了。老丁，你在彼得堡培训时，有没有勾引到一位喀秋莎？我们正说笑着，发现远处普希金雕像下，夏小天和劳地陪当街打了起来。我对夏小天和劳地陪打架不感到奇怪，其实这事儿早有预兆，自昨晚劳地陪不安排我们吃饭始，夏小天就不惮以最坏的恶意猜度劳地陪了，一路上经常找劳地陪的茬，想趁机教训他。劳地陪这人也怪，夏小天对他不友好，他却偏偏喜欢陪着夏小天走。两个中国人在大街上打架，俄国佬都很好奇，围观。周粟不知去哪儿了，他对油画感兴趣，大概正在跳蚤市场寻画呢。我和老丁扔下啤酒，赶将过去。要是警察把他们逮起来可不是好玩儿的，明天还有公干呢。要命的是，我们赶到时，警察也到了。我说：老丁，这回靠你了，你用彼得堡纯正俄语和警察求求情。老丁却像个缩头乌龟，没吭一声。我正急着，劳地陪却是相当镇静，他完全变换了表情，开始和俄国警察说话。我们这才发现，劳地陪的俄语竟然相当好，他讲俄语的样子简直有点儿弗拉基米尔·列宁的风采。我顿时对他刮目相看了，心里由衷涌出滔滔敬仰。这时，周团长也拍马赶到，不过事儿已圆满解决，几乎没发挥其领导才能。俄国警察拍了拍劳地陪的肩，微笑着放了他们。这说明俄罗斯人民对中国人民还是友好的。当然更主要的原因是劳地陪那一口纯正的俄语。

我问夏小天和劳地陪：为什么打架？他们俩都缄口不语，怎么问都不肯说，好像这事儿涉及国家机密。我虚惊了一场，好奇心还得不到满足，很想揍他俩一顿。但周粟的兴趣全然不在这事儿上，他慧眼识珠，发现劳地陪乃可用之才。我知道这几天周粟很忧虑老丁，明天读书节是重头戏，老丁这俄语显然难当大任，他怕明天的外事活动出现纰漏。像老周这样的官僚最不能容忍的就是正式场合出差错。他把劳地陪叫到一边，问：劳老师，你明天可不可以帮我们一个忙？劳地陪观察了周粟三分钟，眼珠一动不动，然后说：我明天忙，要陪别的客人。周粟做了多年政治思想工作，眼睛虽小，但绝对能看到人心底。无非是价格问题。周粟先戴高帽说：知道劳老师忙，但明天的活动实在重要，来的是全世界各国知名作家，你帮我们就是为国争光啊。劳地陪面无表情，不为所动。周粟说：你明天的损失，我们可以补偿的……给你一百美元劳务费怎么样？劳地陪眼中光芒闪过，仿佛火星撞到地球，他随即闭上了双眼，缓慢地说：太少了，我明天的团至少可赚二百美元。周粟咬了咬牙，说：那一百五十美元如何？不少了，都相当于我一个月工资了。劳地陪还是闭着眼，说：看在你们是作家的分上，给你们便宜点儿吧，一百八十美元。这时，夏小天突然插话：

你他妈再不答应，当心我揍死你。夏小天的声音雷霆万钧，把我们都镇住了。劳地陪愣愣地看了看夏小天，又看了看周粟，终于答应下来。看来暴力还是管用的。

第二天就是公干了——参加一个读书节。这是我们本次行程中唯一正经的活动，也是我们得以来俄罗斯游玩的堂皇理由。活动主要有三项内容：上午读书节开幕式；下午作品朗读会；其后有个著作捐赠仪式。著作是捐赠给图书馆的，要签名，我们都随身带着——著作们可真是千里迢迢啊。早晨，我见夏小天依旧不精神，问他是不是还睡在浴缸里。夏小天说：这回是被周粟的朗读折腾的，他昨晚排练了一晚上，还让我纠正他的普通话。我靠，要纠正，周粟的每个音都得纠正。我无比同情夏小天，说：他还是直接上去念方言得了，反正外国佬也听不懂。

上午开幕式简单、欢快，不像国内，类似活动总是搞得严肃而宏大。他们在广场上搭一个很小的台子，表演者基本上都是附近学校的少年合唱团。应该是义务演出。学生们在台上活泼可爱。我注意到中间的那位少女，穿着一件白衬衫，下着短裙，那眉眼、那神态，让我想起洛丽塔。对了，纳博科夫也是俄国人。

活动一切顺利，我们和各国作家见了面。这些作家主要来自欧洲，有英、德、法、意等国人，其中有一个来自波兰的作家很有意思，波兰语和俄语同属斯拉夫语族，加上和俄国的特殊历史，他听懂俄语不成问题。但劳地陪用俄语和他说话时，他却用英语严正回答：我不懂俄语。这句英文我听懂了。我看到波兰同行说话的表情很像我国外交部发言人。不过我理解这位同行，波兰曾被俄罗斯占领，又受过斯大林高压统治，对俄罗斯怀有敌意是正常的。这之前我从未听说过这些作家，他们肯定也一样未曾听说过我们，在一群彼此毫无了解的陌生同行间穿行，我感到非常不靠谱。只有夏小天找到了感觉，做足了大师状，不停和外国同行握手，如果是美女则毫不迟疑地拥抱。他还让我做他的摄影记者，记录他人生的辉煌时刻。

接下来就是朗读会。我们的作品早早就传给了俄方，由他们译成俄语。我们到的那天，周粟告知：已印行成册。周粟是搞民间文艺的,他选送的作品是《梁山伯与祝英台》，集戏剧和民间传说于一体。夏小天是诗歌。我为了俄方翻译的方便，选了一个五千字的短篇《说话》。朗读会的效果是周粟最好，倒不是因为他这几天排练出了奇效——他的普通话一点儿也没有进步，主因乃"梁祝"的东方情调迷倒了一大批俄国及欧洲人，朗读会结束，对东方一无所知的各国作家纷纷拥到周粟面前,赞誉他的故事，都竖大拇指,曰：

沃的福！让周粟找到了大师的感觉。夏小天表现也好，他天生一副播音员般的好嗓音，汉语在他嘴里就是读一个菜单也好听。那天他没朗读事先翻译过去的诗歌，而是临时改读那首来莫斯科飞机上就在苦思冥想的题为《致帕斯捷尔纳克》的诗。俄罗斯人在一大堆汉字中听到"帕斯捷尔纳克"——这是他们唯一听懂的，都使劲鼓掌，气氛非常热烈。而我一副公鸭嗓子，朗读完后几无反应，不但失落，还深觉自己愧对博大精深之汉语。

赠书过程也没有什么瑕疵，周团代表我们上台赠书，刚才受外国佬夸奖而获得的大师感尚存几分，因此显得气宇轩昂，只是俄国馆长太胖，显得我们周团过分细小。颁赠毕，周团和图书馆长握手，让人拍照。我当时的注意力不在赠书上，而是被图书馆陈列的一部据说有六百年历史的书吸引住了。那书有十厘米厚，像一块巨砖一样放在玻璃橱窗里。我仔细观察、辨认，心里怀疑那其实就是一块砖。我因此错过了给周粟拍照。周粟开始不知道这一历史性时刻没被记录下来，是我们一行心满意足离开图书馆，准备打道回府时他才知道的。他一时愣住了，一会儿他说：这不行，出访成果报告中必须有这张照片，赠书是我们文化代表团出访最重要的成果，得想办法补拍。周粟的想法吓了我和夏小天一跳。我试探地说：找谁补办呢，这成吗？周粟白了我一眼。我知道他在埋怨我，那眼神的意思是：还不都是你！我很坦然，什么时候我成了他们的专职摄影师了？我平时喜欢拍点儿照，就有义务为他们拍？

周粟找到读书节组委会的一个中国小伙子，长得很秀气，他在莫斯科学音乐，是读书节的志愿者，组委会让他负责接待我们，但他却忙着和欧洲作家交流，好像羞于和我们为伍。是的，我注意到了，他看我们的眼神很漠然，并且有点儿轻忽的意思，让我们很受伤。当周粟说出自己想法时，他断然拒绝，他说：这是笑话，又不是在国内，可以乱来。周粟不死心，继续做工作。这时来了一个女作家，好像是法国人，挺漂亮的，来问小伙子什么事——也许是对小伙子感兴趣。小伙子就把周粟撂在一边，用英文和女作家热情交谈。周粟转过身来看我们时，脸都黑了，有种"壮士一去不复还"的表情。他对劳地陪说：你跟我去图书馆，我们直接找馆长去。

我和夏小天都觉得这事儿太丢人了。但不跟着去似乎也不对，只好尾随。夏小天说：等会儿如果真的补办赠书仪式，你他妈别给周粟拍照。我说：不行，那他一定会杀了我。劳老师俄语犀利，事儿办得出乎意料的顺利，那胖子馆长笑眯眯地一口答应再表演一次。毕竟俄罗斯人民和我们有一样的历史背景，彼此充满了理解。理解万岁。周团感恩戴德。遗憾的是，这一次周粟再也找不回那种大师感觉了，面部笑容有点僵硬。另外让我大跌眼镜的是，夏小天竟然也胡乱拿了本俄文书假装赠书，和馆长合了影。回国后，我看到他在网上到处贴这张照片，还说那书是他诗集的俄译本。

公干终于结束，就到了晚上放松的时间。已经说好的，今晚老丁的同学请客。鉴于劳地陪刚才犀利的表现，我们邀他同行。但当他听到老丁同学的大名，断然拒绝。他说：晚上还有要紧事处理，不能作陪了。我们虽有疑虑，但也不勉强。只是周粟有些依依不舍了。这是周粟的好处，有人帮过他，却不能回报，他会过意不去。

夜宴设在莫斯科河的一只游轮里。游轮当然不会动，是固定在河岸的。不知此处算不算莫斯科高档餐馆，听老丁说这里是莫斯科新贵才能来的地方。游轮四周一大片景观都属于这家餐厅，我们进去时，满眼的树木和花卉，有姑娘躺在草地上太阳浴。当然这个时候已没有阳光，但天空很亮，好像整个天空的光芒独独笼罩在了莫斯科上空。老丁的同学早已在游轮等了,后面站一妇人,年岁大约三十多,不过也许已到四十了,这个年龄的女人只要保养得好见不出岁数。路上老丁已经把同学的情况高调宣示了:姓毕名东方,从事中俄贸易,身价过亿。我们见到老丁的同学,都叫他毕董,并感谢他的宴请。老丁隆重地把我们介绍给他的同学,称我们为国际著名作家。毕董笑着点头。他的样子很体面,东方式的圆大脸,轮廓柔软,笑容温和,特别是他的手相当白嫩,我刚才和他握手时,都有异样感。他让我们在长条形餐桌边就座,然后把身边那妇人介绍给我们:是我们公司的王荔总经理。看得出来王荔很低调,尽量不夺毕董的风头。她笑起来嘴角上有两个酒窝,颇为迷人。

长条桌上早已摆放了俄罗斯大餐,一些半生不熟的食物。东西还挺高级的,有海参崴烤奶汁鲍鱼、三文鱼、烤乳猪等,当然少不了大名贯耳的鱼子酱。红色鱼子酱颗粒肥大饱满,可惜量太少,屈指可数。喝的是法国波尔多葡萄酒。毕董说:鱼子酱要配着葡萄酒才能品尝到精髓。我们点头称是。窗外是宽阔的莫斯科河,水波平静如镜,对岸的植物和建筑倒映在水中,仿佛天上人间。

老丁这几天因为名为本代表团翻译,实无所作为,没少看周粟的脸色,一直很压抑,现在终于活过来了。

为了表达自己见到老同学的高兴,他先饮三杯。三杯过后,老丁换了一个人,不再称同学为毕董,而是直呼其名。虽然对毕董难免流露媚态,但也表现出我们不熟悉的乡野一面来,说话变得直接而放肆。他说起和毕董之间的趣事:当年电影院放印度电影《流浪者》,那真是万人空巷,一票难求啊,东方这家伙从小就会经营,从我这里骗了一百元钱,做起黄牛生意,大赚一票。那一百元钱至今都没还我。毕董一直保持着优雅从容的姿态,他缓慢地说:老丁是我高中同学,我一直让他来俄罗斯闯事业,他看不起我这位老同学,不肯来啊。老丁赶紧说:我来了也就是替你拎鞋子,我才不干呢!我不如给组织拎鞋子。毕董说:说明组织的感召力还是比我强啊。周粟问毕董:俄罗斯生意是否好做?毕董懒洋洋地指指王荔:生意的事她管,我就管给政府、警察、黑社会送钱的事。说话的口气很像一黑社会老大。

基本上是老丁在表现。周粟习惯于做中心,几次插话都被老丁打断,让他很不爽。不过毕董很懂待客之道,不时主动和周粟说话。只是老丁有点儿失控,兴奋得无以名状,只要毕董说一句,他就接过话头,好像他才是代表团团长。我见状心里直乐。夏小天一直在埋头吃,一边吃一边还夸:好吃,真他妈好吃,这几天旅游餐吃得都快淡出鸟来了。我突然记起昨天夏小天和劳地陪打架的事，好奇心再次被激发。我问：夏小天，我就想不明白，你和劳地陪究竟有什么深仇大恨，跑到莫斯科街头来打架？夏小天白了我一眼，一本正经地说：他妈的他是个同性恋，对我性骚扰。我顿时感觉气氛异样，我脑子里播放关于劳地陪的一切，劳地陪的动作还真有点儿娘，握筷子时小指跷成兰花状，现在回忆起来有点儿妩媚了。见我愣着，夏小天笑说：你想什么呢，同你开玩笑的，打架的事你别问了，烦。我骂：夏小天你他妈什么时候变得这么有城府了。夏小天说：和劳老师认识起。

毕董可能听到了我们议论劳地陪，他问周粟：这次在莫斯科的地陪是谁？当他听说是劳地陪时，脸上布满了轻蔑：是他啊，那够你们受的，这小子抠门儿。我们愿闻其详。毕董轻描淡写地说：这小子还是我带他来莫斯科的，开始在我这儿干。他妈的基本上是扶不起的阿斗，到处给我添乱，还自视很高，以为自己是个人才。他都带你们去哪儿玩了？我们详述这几天的行程。毕董说：这就是他，专干这种狗屁倒灶的事，那些地方根本无人想去的嘛，无非是不要门票，他在算计你们，克扣你们的钱。他来俄国都十年了，混成那样儿也算本事。我们这才知道劳地陪不来赴宴的原因。周粟因为念着今天下午劳地陪出过大力,替劳地陪说话:劳老师这人优点也是有的,俄语好。说着他瞪了老丁一眼。老丁这会儿全然不看周粟的脸色。毕董郑重其事地点点头,又提议:要不明儿我陪你们逛逛?我们婉拒:明天安排好了的,不会出差错。明天是重头戏,去看克里姆林宫和红场,然后下午四点坐火车去彼得堡。毕董不再坚持。

或许是因为刚才提到劳地陪,毕董那张原本安静而滋润的脸上开始呈现出一丝中国人的焦虑。这就对了,这才是我们熟悉的国人同胞的样子嘛。毕董也不像刚才那样优雅了,喝酒骤然见猛,几杯下肚,开始摇摇晃晃地向我们敬酒。他自己更是豪气冲天,杯杯见底。我们感到很亲切,有点儿置身于祖国的感觉了。王荔的脸色开始露出不安,她欲制止毕董豪饮,说:你身体不好,不能喝这么猛的。毕董笨拙地推开她,差点儿把她推倒。他赶紧伸手拉了她一把,并使劲地握了握她的手,说:你别管我,祖国来人,我高兴。王荔的脸红了,挣脱了毕董的手。

过了十点,夜色终于降临了。这夜月色撩人,借着酒劲儿,我们唱起《莫斯科郊外的晚上》,先是用中文唱。唱了三遍,周粟还没停,他开始用俄语唱这歌。我们颇为吃惊,周粟竟还会这一手。来俄国也没见他秀过一句俄语啊。又担心他俄语不标准，周围可都是俄国佬，他们也许在笑话咱们呢？还好，这次周粟只唱了一遍。我们掌声响起，大声喝彩。俄国佬有点儿不满地看我们，我们毫不介意。周粟来了情绪，接着献唱了《我的太阳》和《卡门》，用的是意大利语和德语。但愿这游轮上没有意大利人和德国人。伤不起啊。

　　因为喝了酒，回到旅馆我们倒头就睡。一夜好梦。第二天都睡过了头，还是劳地陪从总台打电话上来催，我们才起床的。匆忙洗漱，并在二楼餐厅吃了早点，就直奔克里姆林宫。劳地陪今天精神有点儿不振，想起昨晚上毕董的言谈，我们对他的感觉很复杂——怎么说呢，既有点儿讨厌他，也有点儿同情他。他来俄罗斯十年了啊，凭他这一口俄语，应该混得更好些才对。劳地陪没问我们昨晚上欢宴的情况，我们也不好意思提这事儿。一路气氛有点儿沉闷。

　　远远地见到克里姆林宫像图画一样矗立在天空下——我们在画片上无数次见过这景象。广场上见到几拨中国人，倍感亲切。有好几个俄国小贩向我们兜售苏联时期的邮票。他们的打扮几乎一致，戴一顶我国红军的八角帽，上有一颗红角星。都会讲一句汉语：邮票，一百人民币。我见其中一位胸口佩着一枚毛主席像章，我说：我要毛主席。他眼珠子骨碌一转，报出惊人的价格：五百人民币，OK？把我吓退了。我和夏小天还是一人买了一本邮集。老丁买了两本。周粟买了五本。邮票不知真假，我发现到克宫的游客几乎人手购得一册，无一幸免。

我们从旁侧小桥进入克宫。啊，这个曾经的沙皇皇宫，这个曾经的革命红都，这个曾经住着世界人民伟大"导师"斯大林的"圣地"，我们来了。我不知道周粟是不是心潮起伏。他这样的年纪，青春岁月和这宫殿息息相关。但我这朽木可是毫无感觉。小桥那边突然封道，接着开进来一大队黑色奔驰车。劳地陪说：普京从彼得堡回来了。我知道近几天西方国家首脑正在彼得堡开八国峰会。然后劳地陪指给我们看普京的办公楼。一幢不算大的建筑。对普京这个克格勃我一直有兴趣，这家伙不但对内强势，对西方也强硬，我不知道他要把俄罗斯带向何方。

无非是帝王起居之地，极尽奢华，金碧辉煌。宫内圣母升天大教堂五个黄金涂成的洋葱形屋顶在阳光下光彩夺目。夏小天告诉我，当年帕斯捷尔纳克受斯大林召见，路过这座教堂时，曾下跪祈祷。我不知他是从哪本书看来的，姑妄听之。这家伙可是经常喜欢虚构一些名人逸闻的。

我们在克宫泡了半天。现在我的脚也知道克里姆林宫之宏伟壮阔了。能成为世界革命中心,当然地气沛然气象不凡了。从克宫出来,我差不多已迈不动步子。我们还有最后一个目的地红场。劳地陪说红场不远,时间充裕,建议步行过去。周粟表示同意。我们靠近红场,却发现进入红场的那条马路已封了道。一打听原来莫斯科马拉松赛路经红场,任何人都不得进入。马路边拉起了隔离栏,隔离栏外站满了莫斯科市民。一些姑娘趴在隔离栏上,等待着选手跑过,她们穿着短裙或短裤,屁股向我们翘着,很性感。这下,周粟急了,他对劳地陪说:这怎么办?是不是可以想想办法?这天,劳地陪一直情绪不高,他极不情愿地去和红场入口处的警察交涉。警察不允。问什么时候可放行?警察说:要等到下午四点后,马拉松赛午后两点才开始。这是劳地陪转述的。其时,我已精疲力竭,双腿酸痛,对去不去红场意兴阑珊,我脱口道:算了,也没什么好看的,反正图片上电影上都看过了的,肯定没图片好看。周粟听了,勃然大怒:花了三万块钱,连红场都没看到,不是白白来俄罗斯一趟!我骇然,不再吭声。周粟很少动怒的,可见红场对他之重要。但形势比人强,这个局面发怒也没用,进不去就是进不去。周粟还想努力,劳地陪不再配合。

已到了中午，只好去吃饭了。红场紧靠莫斯科河，劳地陪在附近找了一家中餐馆。这是我们和劳地陪最后一餐了，我们四点将去彼得堡，他作为莫斯科地陪的使命行将结束。也许是想补偿我们没看到红场之遗憾，也许是因为最后一餐，劳地陪对我们格外客气，还特意买了伏特加请我们喝。他郑重替我们倒满酒，举杯开腔：你们是我带过的第一个作家代表团，能带你们我感到非常荣幸。然后一饮而尽。我们也只好奉陪，一饮而尽。表达过后，劳地陪不再吭声，只顾闷声喝酒吃菜。周粟兴致不高，一定还在懊恼没亲自踏上红场，一睹真容。老丁今天有点儿失魂落魄，路上一直在问我：我昨晚没喝多吧？有没有乱说话？我怎么记不起昨晚都干了些什么呢？夏小天一夜好觉，精神劲儿很足，他一喝酒就兴奋，但不长个心眼，竟然说起昨晚夜宴的事：你们一定没发现，我发现了，昨晚我们喝酒的游轮上有艳舞厅，我撒尿时发现的，在顶层，哇，清一色的美女。

只听得"啪"的一声，劳地陪的酒杯狠狠砸在桌上，神色愤绝、凄绝。我这才注意到劳地陪有点儿喝多了。几乎没有什么铺垫，劳地陪眼泪先哗哗地流了下来，然后开始骂娘：我就是那个狗娘养的毕东方骗来的，他把我骗得好惨啊。他原是我设计院的同事，他知道我俄语好,让我过来和他合伙做生意,说俄罗斯遍地黄金,黄他妈的×。我把所有的积蓄都交给了他,入了股,还帮他和莫斯科各部门打交道,可等他立了足,就把我给蹬了,把我扫地出门,连我投的本都赖掉不还……我在莫斯科十年了啊,都没回国看望过老婆孩子,一个人租着地下室,过着猪狗不如的生活……说着说着,他号啕大哭起来。

我们一时有些无所适从,不知该怎样安慰他。还是夏小天心善,他虽然和劳地陪打过架,但不计前嫌,搂住劳地陪劝慰。夏小天还骂老丁:我昨天一见你那同学就知道不是个东西。老丁茫然地看了夏小天一眼,又茫然地耸了耸肩,摊了摊手。夏小天继续骂:摊你妈的屁手啊,你又不是老毛子。老丁一直有点儿看不惯夏小天——他私下同我说过,他也把酒杯拍到桌上,骂:你骂人是不是?你骂人是不是?老丁大眼睛、大眼袋,这会儿眼珠子瞪得像铜铃。眼看着团队闹不团结,又加上没看到红场,情绪恶劣,周粟也骂娘了:你们俩他妈的都给我闭嘴,听劳老师说。于是我们又都注视劳地陪。但劳地陪已擦干泪,恢复了常态,不再说一句话。

吃过饭,我们沿着莫斯科河漫无目的地行走。莫斯科河多么清澈、宽阔、波澜不兴,河边遍布雕像和老建筑，远处克宫隐约可见。天空湛蓝，一尘不染。正午的阳光照在身上还是有点儿热力的。现在还只有一点钟，去彼得堡的火车要四点开，这三个钟头哪里去打发呢？劳地陪已镇静了，好像全然没有刚才失态这回事。周粟问：还有没有地方可看的？劳地陪说：近地没有了，远地三个小时也不够。我们很失望。这时，劳地陪又开腔了：这附近倒是有一家艳舞厅，日夜营业，也不要门票，想去看的话，我带你们去。我和夏小天的眼睛一亮，但这事儿得团长点头，我们都看周粟。见周粟犹豫，劳地陪又说：你们是作家，这算是深入生活啊。周粟终于咬了咬牙说：去。于是我们就向艳舞厅奔去，表情虽然依旧严肃，其实内心遏制不住兴奋，走路频率陡然加快，好像我们负有什么特殊使命。

果真不要门票，我们穿过黑暗的走道，来到一个不大的厅堂。厅里有一个舞台，灯光迷离。我们在黑暗处的沙发上坐下。厅堂里只有我们五个中国人。先来了一个穿三点式服务员。劳地陪和她用俄语交流。劳地陪转身对我们说：点酒水的，你们不要点，贼贵。三点式见我们没反应，走了。

舞台上出现一个性感女郎。上身全裸，硕大的丰乳骄傲地挺立着。她在台上摇摆着身子，在钢管上做各种动作。她显然对自己的胸很满意,不停地抚摸着它们,挤压着它们。我们僵硬地坐在那儿,一脸严肃,面无表情,像是她身体器官的检验员。可能是我们的表情吓着了她,她突然失去了耐心,停止舞蹈,下去了。接着上来一个小巧玲珑的金发女郎,她的脸像白纸一样简单,双眼看上去有一种无辜的天真,又带着一丝脆弱。她少女似的清纯简直让人心疼。她先在舞台上扭了一会儿,接着跳下舞台,来到我们面前。她先是在夏小天前面舞动,身躯蛇形起伏,无比柔软。我觉得她身上散发出一股热力。但不知怎么的夏小天没了平时的活跃,竟然没任何呼应。一会儿,女孩来到我面前,我看到她精致的乳房上面有一颗调皮的黑痣。不得不承认,俄罗斯盛产美女。她的身体是多么美好啊,之前我只在《花花公子》或《阁楼》等色情杂志上看到如此完美的身体。她充满热情地在我面前扭动,伸手可触。我有一种给她几美元的冲动。我知道只要给她几美元,她小小的三角裤就会脱去。可我害怕她真的脱掉。在这艳舞厅里,我没有任何生理冲动,我不习惯于这样的群体观赏,如果她真的全身赤裸我会感到尴尬的。

那女孩开始在周粟面前扭腰弄臀。但她显然已没了最初的热情。从我这边看过去,她的舞姿已变得机械而麻木，没了刚才的活力，那张美丽的脸上开始出现倦怠感。我猜想她对自己身体的自信正面临前所未有的挑战，她一定不能理解艳舞厅里怎么会进来这么一群行为怪异的不速之客，她可能快要在我们这群严肃的中国人面前崩溃了。就在她还在试图靠近周粟时，周粟突兀地站了起来，向我们挥手，说：走。他突兀的举动显然吓了女孩一跳，女孩僵立在那儿，不明所以。我们几乎是仓皇逃离了艳舞厅。

从黑暗的艳舞厅出来，莫斯科显得特别明亮。莫斯科的天是明朗的天，周围的植物和建筑像是要在这明亮中化为乌有。我们继续沿莫斯科河走，一路沉默不语。这时候我开始想象去彼得堡的火车。这是当年安娜·卡列尼娜坐过的火车吗？当年安娜就是在莫斯科去彼得堡的火车上邂逅渥林斯基的。我知道当然不会是当年的火车了。现实是灰色的，想象之树常青。这时，劳地陪对我们说：火车站不远，过了莫斯科河铁桥就到了。于是我们向铁桥走去。铁桥上布满了钢化玻璃，我们从镜子似的玻璃上看到我们此刻恍惚的容颜。我们在莫斯科待了三天，马上就要离去，不知道什么时候会再来。

我们和劳地陪告别。我看到劳地陪沿着莫斯科河原路返回，他矮小的身体在广大的莫斯科天空下显得非常渺小，就好像一阵风就可以把他吹走。看着他消失在远处庞大的建筑群中，我的心里竟然升出一种强烈的悲哀和苍茫来。这时，我听到周粟在对我们说话：刚才看艳舞的事，回去谁也不许说。

在科尔沁草原

下榻的蒙古包徒具形式，内容完全是一家五星级酒店，整个套间室内装修得十分江南。赵子曰指了指另一个房间，对陆祝艳说，你住那儿，自己则进了另一个大房间。开门进去时，他注意到房间的窗子很大，整个草原像风景画一样被装进这窗框里。在一望无际的大草原深处，要找到这么个地方，多亏了王安全。

赵子曰是通过朋友介绍认识王安全的。半年前，赵子曰被人报复，砍断了一根手指，朋友把王安全介绍给他。朋友说：他都搞得掂。当然，不是指黑道那儿，而是医院。王安全是第一医院管后勤的，所有的医生都和他有交情。那次因为王安全打理，赵子曰的手指勉强接了起来，虽称不上缝接得十全十美，但那地方戴上个戒指，倒也看不太出来。赵子曰爱美，容不得自己身上裸露的部分有碍观瞻。那次王安全事儿办得滴水不漏，不该问的绝不开口。

陆祝艳敲门的时候，赵子曰躺在大床上。正是夏天，赵子曰没脱衬衣，只是松了领带。刚才他差点儿睡着了。他没吭声，陆祝艳怯生生打开门，问要不要帮忙。她已把紧身T恤换了，穿上一件吊带衫，下面是一条夏裤，看上去有些俏皮。她头发湿漉漉的，刚刚洗过澡了。赵子曰拍了拍床：坐这儿。陆祝艳听话地坐下，双手不停地玩着手机。赵子曰一直看着陆祝艳，陆祝艳的侧面线条非常好看，是标准的南方美女。

赵子曰问：和谁聊天呢？陆祝艳说：王老板。谁？赵子曰马上反应过来了，语带讥讽地说，哦，王安全，王老板。

赵子曰看到陆祝艳脸上微微露出笑意，一定是王安全把她逗笑了，他想，王安全真是个人物。赵子曰问：和王老板聊什么呢？陆祝艳脸红了一下，对着赵子曰甜美地笑了笑。

可以看吗？赵子曰问。

陆祝艳犹豫了一下，把手机递给赵子曰。苹果手机镶着一些奇怪的水晶球体，好像一些虫子叮在上面。赵子曰从小害怕昆虫，总觉得那些小东西脏。他小心地拿着手机，尽量不去碰那些水晶。

赵子曰看了一眼聊天记录，说：王老板好玩。

王安全这会儿正在莫道林的茶室，一边和莫道林聊天，一边给陆祝艳发信息。莫道林是王安全多年的朋友，三年前，几个朋友一块儿到这儿玩，莫道林买下了这块地，说想过田园牧歌生活。当时谁也不信，莫道林却是认真的，很快建起了这个蒙古包，一个人生活在这人迹罕至的地方。也许是本性难移，难耐寂寞，莫道林不时邀请各方高朋贵友。如今在南方的朋友圈里，这个地方成了一个私人会所。

你这里风景是好，唯一的缺点就是离城太远，要是生个病，都找不到医院。王安全说。莫道林不以为然：你就惦记这事儿，难道没你们医生，就不过日子了？告诉你，喝奶茶就行，奶茶治百病。王安全呵呵一笑，不辩驳。他看了看窗外，辽阔的草原上，几朵白云一动不动，好像是从地里冒出的几个气泡。

你那朋友心情不好？莫道林突然问。

王安全目光灼灼，看了看莫道林，然后冷冷地说：他家不久前进了小偷，他家的姨娘——就是保姆，被杀了。我听人说，是错杀。

进来一个短信，王安全看了一眼，又说：懂吗？有人盯牢赵老板了，最近他身边老是出怪事。

莫道林严肃地点了点头，好像已经完全明白了赵老板的处境。

丽敏从门外进来，穿着一件墨绿色的长裙。她瘦高，喜欢穿宽松衣服，显出别样风情来。她问：他们呢？她指的是赵子曰和陆祝艳。莫道林笑笑：好比新婚，还不抓紧时间。

丽敏见王安全在发信息，一把夺过手机：聊什么呢？王安全想抢回，已来不及。不过王安全也无所谓，爱看不看。一会儿，丽敏把手机还给王安全，说：上面都是你在说话。你这个时候还发这种信息，你不会喜欢陆祝艳吧？王安全说：随你怎么说。丽敏说：我完全理解，我要是男人，也会喜欢上陆祝艳，莫老板，你说是不是？

莫道林这会儿正在往公道杯里倒茶，说：那妞儿？不错。

你瞧，才到这蒙古包多久，就这么多男人惦记了。丽敏拍了张照片，然后传给了陆祝艳。

她迅速打上一行字，然后发送出去：我们在这儿，一会儿就吃饭。

不久，陆祝艳来了。丽敏拥抱了一下陆祝艳，说：很香，一点儿臭男人的气味都没有。

莫道林起身也想抱，陆祝艳躲闪掉了。丽敏笑道：臭男人，别想占便宜啊，赵总知道了不高兴。莫道林说：

赵总会吗？他这种见多识广的人还会为一个女人不高兴？

陆祝艳显然不爱听这种玩笑，坐到王安全边上，脸有点儿拉长。王安全在她的头上轻拍了一下，说：他们逗你玩呢。陆祝艳低头发了一个短信。王安全的手机嘀地响了一下。丽敏说：你们两个坐这么近，还发短信？王安全说：胡说，赵总发来的。丽敏说：谁信？王安全拿手机给丽敏看。丽敏说：不看不看。谁关心你们的事。

吃饭的时间到了。赵子曰一直没出现。丽敏说：王老板，你短信他啊。王安全说：短信了，没回。丽敏说：他不是刚给你发过吗？他短信上讲什么了？王安全说：刚才给你看不看，现在倒问起来了。丽敏说：谁知道是不是赵总发的。

丽敏站起来，对陆祝艳说：我们去叫下赵总。陆祝艳有点儿不情愿。王安全说：去吧，听你丽姐的。丽敏白了王安全一眼。

见她们走远，莫道林说：丽敏对你还是一往情深啊。王安全说：早断了，女人嘛，同她上过床以为一辈子欠了她似的。莫道林说：老王，有件事我挺佩服你的，连丽敏这么无情的人对你都一往情深，你有什么法道？说来听听。王安全说：我一凡胎，有什么法道?你在这草原上修行,见到的都是高人,喇嘛什么的,你应该有法道才对。莫道林还是看着丽敏的背影,说:丽敏虽然四十多了,可风情还是不错的。王安全知道去年带丽敏来这儿玩,莫道林追过她。很疯狂。丽敏这样说。又问他:你朋友追你女朋友,你什么感觉?王安全懒得回答。但丽敏一定要他说出来。他应付道:有人追你,说明我眼光好。丽敏说:你不生莫道林的气?王安全说:我为什么要生气?丽敏说:我和他上床你也不生气?王安全没再回话。丽敏独自笑了,好像自己说出了什么有杀伤力的话。

王安全指了指远处的灯光,说:那个喇嘛庙,造在荒无人烟的地方,信徒倒是不少。莫道林说:活佛在嘛,这边的人都信活佛。

丽敏跟陆祝艳来到所住房间,丽敏好奇地观察套房。丽敏指了指门口的小间,问:你住这儿?陆祝艳没回答。天色已经昏暗。这儿比南方黑得早。陆祝艳开灯,差点惊叫起来,床上没人。她一路过来,头脑里都是赵总微胖的躯体。

丽敏问:赵总去哪儿了?陆祝艳摇摇头。丽敏自语:天都黑了,他到哪里去了?

两人往回走。

王安全和莫道林见两人回来,却不见赵总,问怎么回事。王安全打赵总电话,无人接听。王安全一时急了,想起赵家最近出现的凶事,怕有什么不测,起身往蒙古包外跑。蒙古包外三辆奔驰 G 级越野,方方正正的造型,特别拉风。赵子曰、王安全、丽敏、陆祝艳是飞过来的,这三辆越野车早他们几天,由专职司机横穿整个中国提前开到了这里。大草原,没一辆好的越野车寸步难行。

王安全向车内探了探。司机白天没事一直在驾驶室待命。赵老板有点儿心血来潮,万一找不到人会骂娘。司机们都怕他。司机从车窗里指了指远处,发现赵子曰正挺着个肚子对着傍晚的草原撒尿。

一会儿,赵子曰走了过来,说:正撒尿呢,打电话来,差点儿憋回去。王安全松了口气,然后跟着赵子曰往蒙古包走。这时候,其他三位也跟了出来。丽敏说:在这儿啊。赵总,你可把王老板急坏了,跑得比狗还快。莫道林占便宜似的笑了,说:丽敏,你骂人不带脏字。王安全装作没听见。

一桌子的菜已摆好。以羊肉为主。赵子曰摸了一把肚子,说:还真是饿了。赵子曰挑了一只羊腿,咬了一口,油水往嘴外淌,含混地说:好吃。莫道林说:赵总这吃法像蒙古人了。赵子曰说:是吗?我这身板,你叫个蒙古人来,我和他比试一下摔跤,如何?莫道林说:我安排了,明天我们去看那达慕大会,会有一位蒙古勇士和你比。

陆祝艳突然端起酒杯,向赵子曰敬酒,说:感谢赵总带我来玩。莫道林让陆祝艳坐下,说你感谢什么啊,你这么漂亮,应该是赵总感谢你。丽敏说:莫道林真是怜香惜玉。赵子曰说:老王,我刚才看见你说过的喇嘛庙了,我晚上想见活佛。王安全吓了一跳,活佛不是想见就见的,这么晚了,不能打扰啊。他抬头看看莫道林,莫道林犹豫了一下,拿起手机,给活佛打了个电话。

吃完饭,一行人开着车向寺院去。赵子曰说:去寺院是临时起意,本不该喝了酒去的,好在喝得不多。莫道林说:藏传佛教没那么讲究,不像汉地,都是清规戒律,可要说神奇,还是藏传佛教。丽敏问:怎么个神奇法?莫道林说:至少去一次能睡个好觉。丽敏说,那是你坏事干太多。莫道林说:寺院快到了,你积点儿口德。过了一会儿,莫道林说:寺院后的壁洞里,有一位闭关了五十三年的高僧。丽敏惊呼:苦修了五十三年?没见过阳光?那是真神仙了。王安全回头看了看丽敏,丽敏是故意一惊一乍的,她早知道有这么一位苦修高僧。四周非常安静，丽敏听到自己的声音确实有些滑稽，不再出声。众人沉默，气氛忽然有点儿庄重。

活佛倒是没有一点儿架子，拿着一支手电筒，早早在寺院外迎候，活佛的背后五个小喇嘛，有一个在玩手机，手机的亮光照映出他古铜色的脸。莫道林恭恭敬敬，双手合十，鞠了躬，说：打扰本乐仁波切了，这位是赵子曰赵总，久闻仁波切大名，下午刚到，迫不及待想见活佛，有扰，有扰。活佛没像莫道林这般文人雅士模样，反倒是作为乡野之人，用手电照了照赵子曰的脸，说：做大生意的。赵子曰本来被手电照得有些不悦，听了这话，谦虚起来，说：不敢不敢。

活佛把五个人请到自己的起居室。起居室有一股浓重的檀香味，佛活让五人席地坐下，喝起普洱茶。活佛非常健谈，从佛理谈到风水，谈到国运，还谈到天安门。"从空中看，故宫和天安门广场就像一佛头，瑞兆。"活佛一口京片子，语出惊人。他的声音透着黑夜湿润的气息，让人仿佛看见草叶上的露珠。

聊了大约一个多小时，陆祝艳在王安全耳边说了一句什么话。王安全皱了一下眉头，带着陆祝艳从活佛起居室出来。王安全说：你干吗喝那么多水？陆祝艳说：我又插不上话，无聊死了，除了喝水还能干吗？

出了寺院,首先看到三辆黑色奔驰车。王安全指了指草原说:快,随便解决一下。陆祝艳说:这怎么行?王安全说:荒郊野地大草原,撒泡尿还那么费劲儿。他也不避陆祝艳,掏出家伙,在草地上撒了一泡。

王安全犟不过陆祝艳,只好要了一辆车,让司机把他们送回酒店。

到了房间,陆祝艳几乎是跑向厕所的。她出来时,已相当轻松。她看到王安全在发短信。陆祝艳不以为然:表忠心呢?王安全说:我们快回去吧,这样溜出来不礼貌。陆祝艳说:我不回,好无聊。王安全说:就你事儿多。这时,陆祝艳的手机收到一条信息,是丽敏发来的:我们回来了。陆祝艳给王安全看,王安全起身,出了酒店。

好一会儿,一辆车从远处的草原开了过来,在酒店门口停下。车上跳下莫道林和丽敏。还没等王安全开口,莫道林说:赵老板见闭关的高僧去了。丽敏说:我也很想去看看神仙长什么样子。莫道林说,就你不懂事。丽敏问:陆祝艳呢?王安全说:在房间。丽敏说:谁的房间?王安全不吭声,没再理丽敏。

一早醒来,王安全发现手机里有八条信息,七条是丽敏发来的,一条是陆祝艳发来的,都问他在干吗。

王安全皱了一下眉头，就去吃早饭。丽敏见到他，脸拉得长长的，问：你那公主呢？王安全说：莫道林呢？丽敏目光闪烁了一下，说：我哪儿知道。这时候，莫道林进来，说：赵老板要把一辆奔驰车送给寺院，不但送车子，还送人。王安全说：送人，不会是送陆祝艳吧？丽敏说：呵，就惦记人家。王安全一语双关：难道送你？送谁也舍不得送你啊。莫道林瞥了王安全一眼，说：你们想哪里去了？那地方可是喇嘛庙，不收尼姑。赵老板是送车送司机。司机不干了啊，要待在这大草原里，都哭出来了。王安全说：一个大小伙子，这么没用，还哭。莫道林说：司机说给寺院开车，相当于出家当了和尚。老王，你同赵老板讲一下，车留下，人不能留。

王安全吃过早饭，去了一趟寺院。进门便见到赵老板。赵老板一脸祥和，好像心里开出了莲花。还没等王安全开口，赵子曰就说：不虚此行。王安全说：得道了？赵子曰说：见到高人了，五十三年只吃这个东西。赵子曰从口袋里拿出一块又硬又黑的面团，捧给王安全看，好像捧着圣物。又收起来，说：我要在这里关七天，就吃这个，你们玩你们的去。王安全不敢相信：你关七天？赵子曰说：对，从今天开始。

回酒店的路上，王安全神色严峻。原本是来放松的，赵老板却不想变成了苦行僧。这事完全在王安全意料之外。这些年来，王安全经常替高朋贵友安排这类活动，出这种状况极其少见。王安全坐车回酒店路上，给陆祝艳发了条信息：赵老板要在寺院住七天。陆祝艳迅速回了条信息：嗯。王安全不知道这个"嗯"是什么意思。

主角在闭关，陪同的顿时感到失去了动力。但既然出来了，也不能总待在酒店里。第二天，一行人按既定行程去看那达慕大会。莫道林本来安排了一位蒙古摔跤手和赵子曰对阵，为了让赵子曰开心，蒙古人会故意输掉，现在赵子曰在闭关，这个节目只能取消了。莫道林说：钱都付了，要不，王安全你玩一下？王安全没吭声，一副心事重重的样子。莫道林说：放松些嘛，不过是闭关一下，又没死人。

丽敏带着一个炮筒似的相机，她人高挑，手臂又长又细，拿着这个大家伙，好像随时会砸到别人的脑袋。丽敏不走秀后，做起摄影，这也是她提出跟着莫道林一起来的理由。草原好风光，搞摄影的最爱。王安全本来安排陆祝艳的同学一起来的，但丽敏要来，他也无法拒绝。王安全一般不拒绝女人的。

还是射箭好玩。莫道林一直在摆 Pose，让丽敏拍。丽敏的镜头却一直对着王安全。王安全和陆祝艳正在说话，表情有点儿急。王安全说：你事儿怎么这么多？陆祝艳不响。丽敏问：怎么了？和公主吵架？王安全觉得丽敏无聊。后来丽敏才知陆祝艳把手机落在汽车上了。汽车停在那达慕大会的外边，有五公里路。汽车不能开进来，得走路回去取。王安全向远处望了望，说：手机有那么重要吗？不看手机会死？陆祝艳说：你不陪我算了，我自己回去取。说完扭头就走。王安全心里软了一下，最终还是咬了咬牙，止住了自己的脚步。丽敏说：王安全，你放心吗？王安全白了丽敏一眼。丽敏又对莫道林说：莫道林，这么好的做绅士的机会，你不抓住？莫道林很想去，回头又看了看丽敏，打消了念头。丽敏一脸讥讽，说：怎么了？莫道林说：没怎么。一会儿，莫道林又说：我确实有些担心，这儿就我们几个是汉人。

陆祝艳一走，王安全反倒来劲儿了，一连射了十支箭，箭箭中靶。莫道林鼓掌，丽敏却说：王安全心里发狠呢，我太了解他了。丽敏又对莫道林说：道林，你还是追上去照顾一下陆妹妹，好让王安全安心。你不是也挺心疼她的吗？再说了，万一陆妹妹让人欺负了，我们怎么向赵老板交待呀。莫道林犹豫了一下，才应声而去。

只留下王安全和丽敏两人。他们再无心射箭。这那达慕大会他俩去年都玩过一遍了。想起去年，丽敏觉得非常开心。王安全虽然花心，但对女人是真的好，一副宝玉哥哥的心肠。那一次，丽敏充分感受到王安全疼起人来润物细无声的好处，加上当时莫道林起劲地追她，让她的身心都感到无比满足，幸福指数抵达巅峰。

两个人走在大草原，看那达慕大会各种活动，赛马、摔跤、骑术，当然还有舞蹈。丽敏见王安全深沉的模样，说：还在想赵老板？王安全不吭声。丽敏说：你怎么会带赵老板来的？王安全说：朋友介绍的。丽敏说：我以前认识赵老板。王安全吃了一惊。丽敏说，十多年前了，那时他经常到我们模特队来玩。王安全的目光骤然聚拢，落在丽敏脸上。丽敏说：干吗这样看我，怪吓人的。丽敏又说：我和他没关系啊。王安全说：无所谓的。丽敏生气了，说：什么叫无所谓？王安全不再回答。

这时，王安全的电话响了。是莫道林打来的。莫道林说没有找到陆祝艳。陆祝艳根本没回到汽车里。

王安全和丽敏急忙往车队那儿赶。远远看到莫道林像一只猴子一样东蹿西蹿，在向他俩瞭望，招手。到了车队，已是午后，刚才在那达慕大会里吃了一点儿烤羊肉，肚子倒是不饿。莫道林说，司机没见到陆祝艳来过，车上也没有手机。

王安全掏出手机，拨陆祝艳的电话。一直无人接听。王安全骂起娘来。又拨，还是没接。莫道林说：不会被人劫持了吧？要是出事，就麻烦了。我们是不是要报警？丽敏反对：报什么警啊，别报。王安全一直在拨电话。莫道林问：你在报警吗？没打通？要不要我报，警察那儿我有熟人。王安全制止了莫道林，又拨电话。但对方就是不接。他把手机狠狠地砸到地上。幸好是草原，手机没有坏，只是玻璃屏有点儿开裂。

然后他们看到一个人影出现在远处，在同他们预料的方向完全相反的方向。是丽敏先发现，拍了拍王安全的背，指了指远方。他们辨认出是陆祝艳。三个人松了一口气。

陆祝艳终于走近了，一直笑眯眯地看着王安全。她说：我本来想自己走回酒店的，路太远了，我又回来了。你打了我十个电话啊，我没发现。

王安全想发作，不过他忍住了。

赵子曰并没有闭关七天，而是三天。三天后他出来告诉众人，活佛说我悟性好，三天抵过七天。他说这话时笑得很天真，是真心相信活佛所说了。王安全松了口气，他还真的担心赵子曰突发奇想，也闭关个五十三年——他要是能活到一百多岁的话。他听莫道林说起过,有一个歌星每年都要到高僧那壁洞里闭关一个月,有一年,一个月过去都不肯出来,把经纪人吓坏了,硬是雇了人把歌星从壁洞里拉出来,才离开草原。这之后倒是再没见来过。

晚上,大伙儿高兴,开了一桌酒席,给赵子曰接风洗尘。莫道林说:接风是对的,洗尘错了,尘早洗了,闭关这三天,所有俗世烦恼都洗尽了。赵子曰说:你们知道我在想什么吗这三天?我在想我这根手指,要没有王安全,这根手指就不在我手上了。莫道林说:啊呀,赵总还是个俗人啊,三天只想一根手指。赵子曰不以为然:这可不简单,要是我少一根手指,我会变吗?不会,我还是我。那么少了十根手指呢?我也还是我。那么这样一点点减少,肉身都不在了,我还是我。丽敏说:越说越玄了,听不懂。莫道林说:关了三天,变成哲学家了。

大伙儿喝酒。赵子曰不知不觉喝高了。王安全想,禁欲的后果就是放纵。三天闭关也许需要七天的放纵来偿还。赵子曰开始说故事。他伸出中指,问众人:你们知道我这手指是怎么断的吗?你们有没有见过铡刀?我手指被铡刀一分为二,我看到断掉的那一节像一条泥鳅一样跳个不停。不痛,痛要过好久才传遍全身。丽敏皱了一下眉头，说：别说了，太恶心了。赵子曰脸上露出孩子式的笑容：多亏了老王，我这手指没事儿。赵子曰想拔掉戒指，但拔不出来。他说：妈的，嵌在肉里了。

那根中指还是竖在众人面前，好像他想fuck眼前每一个人。这三天我一直对着这根手指，我在想，究竟谁对我的手指感兴趣呢？丽敏不耐烦了，说把手指收起来好不好？她也伸出中指在赵子曰面前晃了晃。赵子曰笑了，听话地收起了手指，说：我这辈子只听美女的话。

继续喝酒。赵子曰敬了每个人。敬陆祝艳时，赵子曰说：会唱什么？还没等陆祝艳回答，他又说到自己身上了。他说：人生在世，一个字，命。我就信这个。谁也比不过命。命里有的，有人会送你。命里没有的，求也没用。老王，你觉得呢？

王安全没接话，沉默不语。丽敏也有点儿喝多了，她今晚一直在和赵子曰抬杠。她说，我就不信命，小时候一个瞎子替我算过命，说我活不过三十。现在我都四十二了。过了三十，我就觉得我的命就是捡来的，想干啥就干啥。哪有命？命是我自己闹腾出来的。

你不信？可是我的手指就是我的命。赵子曰说。他今夜似乎打定主意要喋喋不休说自个儿的手指了。

赵子曰醉酒后的样子王安全从来没见过，他不知道会闹到什么程度，他得控制场面才对。当然手指问题一定不是小问题。一向风风光光的赵老板，忽然有一天被人蒙上眼，劫持到一间黑屋子，手指让铡刀切掉了。哪里会是小问题。家里的保姆也被人杀了。哪里会是小问题。所以来大草原散散心。可还是喝高了，大人物受惊后，比小人物还可笑。

还好，赵子曰没继续这个话题，他突然搂住了陆祝艳。赵子曰说：我他妈就是爱处女，冲喜。赵子曰在陆祝艳的头发上亲了一口。丽敏不以为然，说：她是吗？赵子曰说：不是吗？王安全觉得丽敏有些过分，这样说陆祝艳。陆祝艳表现多好，整个晚上没多说一句话，多懂事的女孩子。王安全在桌子底下踢了丽敏一脚。丽敏说：你干吗？流氓。莫道林紧张地把头探到桌下，他看到赵老板的手摸在陆祝艳的大腿上。

王安全觉得今晚应到此为止了，再闹下去不知会弄出什么幺蛾子来。他断然说：不早了，散了吧，明天还要赶飞机呢。

王安全把赵子曰和陆祝艳送进房间。陆祝艳向他投来哀怨的一瞥。王安全退出去，在关门前，往房间里看了一眼，他看到赵子曰抱起陆祝艳，把她狠狠地砸在床上。

王安全迅速关上门,靠在门外,深深地吸了一口气。

回到自己的房间,看到莫道林在。王安全吓了一跳,说:你在我房间干吗?你是怎么进来的?莫道林说:这是我的酒店。王安全想了想,回过神来,问:找我有事?一向能说会道的莫道林这会儿讷讷的,竟有点儿腼腆。王安全想,莫道林他妈的不会也喝醉了吧?莫道林似乎猜透王安全在想什么,说:我没醉。王安全"噢"了一声,说:怎样?莫道林说:丽敏不走了,她终于答应嫁给我。王安全看到莫道林脸上有一种少年式的憧憬,说:看来是真爱。莫道林说:是的,我第一次见到她魂就被勾走了。王安全若有所思,点点头。莫道林似乎有些不安,说:我们是兄弟,本不该这样。王安全摆摆手,说:有什么该不该的,真爱就该。

半夜,王安全被酒店的电话吵醒,他很生气,挂断了。但对方似乎不死心,又一次打过来。王安全睡眼蒙眬,十分懊恼地接起电话,传来丽敏的声音。丽敏说,我过来。王安全不吭声,又一次挂了电话。

第二天,三个人坐上奔驰去机场。

莫道林和丽敏来送他们。赵子曰似乎很高兴,说:

真是不虚此行，结出了善果。赵老板闭关三天后，喜欢上了佛教用语。赵子曰看了看王安全，说：老王，你怎么了？这么严肃。陆祝艳说：他吃味儿。赵子曰似乎吃惊陆祝艳说出这话，拍了拍她的头。陆祝艳的长发柔顺，身体微微有些紧张。

三个小时后，飞机到了南方。王安全开车送陆祝艳回艺校。一路上两人都不说话。陆祝艳把头靠在王安全的肩上，王安全没反应，她就移开了。到了学校门口，车停下。王安全说：说好的二十万给了？陆祝艳点点头。王安全说：那就好。陆祝艳没下车。王安全说：怎么了？陆祝艳说：想住酒店。

王安全开车去附近一家酒店，开了房间。两个人住下。陆祝艳进卫生间洗澡。出来时，亭亭玉立，一身雪白，真是难得的好货。王安全躺在床上一动不动。陆祝艳主动吻了过来，显得相当动情。王安全心里一动，把她压在身下。

完事后，床单上沾了血。王安全一脸疑惑。陆祝艳在吃吃地笑。王安全问：他没动你？陆祝艳使劲点头，脸上挂着类似幸福的表情。王安全出神地想了想，似乎想说什么还是闭了嘴。陆祝艳说：你那朋友是不是有病？王安全笑了：怎么可能？他曾要过两个，他就好这口。陆祝艳说：恐怕像我一样，装装样子，打肿脸充胖子。王安全说：怎么的？没办你，你还伤心了？陆祝艳说：怎么会！我挺高兴的，我为你流了两次血，相当于给了你两次处女身。王安全看着天花板，想起之前介绍给赵总的两位"处女"，人的性格真是千差万别，她们开始还装，后来简直乱来了，当着众人的面讲赵总床上的癖好。她们现在在哪里呢？她们还在读书吗？或者考上某个剧团唱戏？又或者在某个剧组跑龙套？当然她们日后成为明星也不是奇怪的事。

　　天色暗了下来，王安全发现陆祝艳躺在自己的怀里睡着了，好像躺在某个安全的港湾。

最后一天和另外的某一天

窗子很高，几乎直接抵在厂房屋檐下。窗外的天空飞过一群麻雀，发出叽叽喳喳的声音。天空寂静，鸟声惊心。这儿地处城郊，四周都是农田。窗子太高，厂子里的人没法看到农田和庄稼，只能看得见天空。麻雀成群结队出没。

早上六点钟起床铃准时响起。屋子里有十二个人，有六张上下铺的床。她们起床，穿衣服，然后开始折叠被子。被子折叠成部队那样方正，棱角分明。一阵忙乱后，十二个人都整理好了。房间寂寂无声。晨曦从窗外透入，房舍整洁，一尘不染。半个小时后，门打开了。有一个小时可以洗漱。洗漱的用具放在走道尽头的卫生间里。每个人的洗漱用具都放在那儿。俞佩华洗脸。卫生间东西各有一面镜子。一些人在排队照镜子。俞佩华难得站到镜子前面去。今天她有些想去镜子前看看自己，又害怕看到自己的脸。

方敏正在大门处等着她。方敏脸上没有表情,用惯常的不容商量的口吻说,今天你可以不去厂里。俞佩华低下头,没看方敏,她回答,还是去吧,最后一天了。

厂房生产一种模仿芭比娃娃的玩偶。她们不知道这些产品在商店出售时会贴上什么牌子。洋娃娃有三十厘米和四十厘米两种。三十厘米那种供幼童玩,服装艳丽,服装的领子和衣袖上夸张地镶着蕾丝边。四十厘米那种是给成熟一点的女孩玩的,橡胶身体有精致的乳房,穿上衣服后,俨然是个性感女郎了。工作台上摆满了手臂、腿、头部、身体、各种颜色的头发、眼睛和服装等。她们要把它们组装起来,成为一只成品的洋娃娃。

除了干活发出的声响,厂房里没人说话。工作是定量的,有数量及成品率的要求。她们要把一天的任务完成了才能上床休息。工作量大,要按时完成不太容易。那些新来的,手脚笨,更得抓紧时间。吃中饭也是狼吞虎咽,吃完就抓紧干活。俞佩华完成定额没任何问题,她在这里待了十七年了。

黄童童来了一年或者更长。俞佩华感觉她来很久了,好像一直在她身边。在这里时间变得特别漫长。时间又特别清晰,每一天她们算得清清楚楚,像用刀子在心里面刻了一道做记号。黄童童在俞佩华左边干活。黄童童长得很漂亮,有点像她们在制作的四十厘米那种洋娃娃。她以前的头发应该是染成棕色的,刚来时,她发端的颜色还是棕色的。黄童童有点儿傻,并且是个哑巴。不过不奇怪。到这里来的人要么特别聪明,要么特别傻。

眼睛是最后一道工序。洋娃娃没放上眼睛时,会呈现出骇人的表情。俞佩华想起黄童童刚来那会儿也是这个样子,目光里的恐惧深不见底,就像一只没装上眼睛的洋娃娃。

三十厘米的洋娃娃会说话,需要在身体里安装一个电池盒。黄童童正在把电池盒的接线焊接上去。这是最见功夫的一道工序。黄童童拿着焊枪,双手老是抖,焊了几次都失败。如果再焊接不上要成为废品了。黄童童以往不是这样的,她能准确地把接线焊接好。一年训练下来黄童童已是个熟练工。这不奇怪,只要安装超过一万只,任何人都可以闭着眼睛把电池盒子安装好。

黄童童终于安装好了。俞佩华松了一口气。

今天黄童童有些恍惚,做工时老是控制不住双手。她生病了吗?黄童童正在找她的镊子,可镊子刚才还在她的右手上,这会儿不知跑到哪儿去了。这是黄童童的老毛病。她老是丢三落四，找不到工具。俞佩华告诉过她，工具一定要固定位置摆好，熟练到"盲取"的程度。黄童童向俞佩华要镊子。俞佩华没把自己的镊子递给她，让黄童童自己把工具放整齐了再干活。黄童童突然问：你要走了吗？这一年俞佩华学会了手语。她吃了一惊，她没告诉黄童童明天要离开这里。同宿舍的人是知道的，但她们都没有说起这事。一个人离去，她们的心会空一阵子。大家都懂这种心情，这种时候会绝望。不说出来就好多了。在这儿情绪越少波动越好，否则会麻烦。俞佩华没有主动提这事。一切像什么也没发生一样。

俞佩华没回答，看着黄童童，黄童童的目光凶巴巴的。或者不是凶，是恐惧。俞佩华一把从黄童童手里抢过那只玩偶，做起来。她看到黄童童盛玩具娃娃的盒子里没几只成品，这样下去，她将完不成今天的额度。难道她今晚不想睡了吗？俞佩华用手语告诉黄童童，让她把俞佩华装满洋娃娃的盒子堆放到号子处，并要她冷静一些。一百二十九号是俞佩华，黄童童是一百三十号。皮带上放着收纳成品的盒子。等到中午，皮带会转动起来，运转到另一个厂房质检。

我会来看你的。俞佩华用手语说。她刚做好一只四十厘米的娃娃。有一天，黄童童完成一只性感娃娃，对俞佩华说：我好喜欢，真想带一个回去。这是不可能的，俞佩华说，千万别偷偷拿回去，这不是闹着玩儿的。我以后会送你一只。

你不相信我会来看你？俞佩华说。黄童童没看她。黄童童的目光这会儿投向东边的高窗，天空上的白云一动不动。

窗外的太阳照在工厂的水泥地面上，缓慢地从西向东移动，快到中午的时候，太阳光束立在东边的墙边，好像白色的墙面拉了一层光幕。

厂子里有八十多人。从监视器里看，场面相当壮观。她们坐在工作台前，穿着同样的衣服，年龄各不相同，动作也有差异，但还是能找到一致性。她们面部没有表情，专注让她们显得更为机械。她们手上的洋娃娃，有的正在装配身体，有的正在穿上衣服，有的在固定头发。她们做好的玩具整齐地躺在工作台上。即便厂外的阳光很好，工厂的大灯依旧是亮着的。现在是夏天，大灯散发出灼人的热力，厂内的温度更高了。一些人脊背处渗出细密的汗珠。

陈和平一直观察着俞佩华和黄童童的一举一动。方敏忙于手头的一份档案。明天俞佩华要走了，俞佩华的相关文件需要归档封存。她寄存的物品不多，方敏已让人把物品放到一只简易的旅行包里。方敏复印了各种表彰的官方证明,方敏觉得俞佩华不一定在乎,但这些证明在她以后的生活中是用得着的。十七年里,俞佩华几乎年年都被评为优等。也就是说她在这儿没出过一次差错,没扣过一分。方敏查过并且熟知俞佩华的档案内容。在做化学老师时,她也是年年先进。可就是这样的人干出了那种事。

有一个年轻的女警进来,告诉方敏,她通知了俞佩华的儿子,她儿子说不来接。方敏点了点头,这在她预料中。来到这里后,俞佩华几乎谁也不见,儿子和母亲来看过她,她拒见。她的案子太骇人听闻。她难以面对亲人。她只见过丈夫一面,原因是为了和丈夫离婚。她没多说话,只说把她忘掉,因为她会在这儿待上一辈子,这对他们来说更好。没想到她能减到十七年。十七年在这里一成不变,外面发生了多少事啊。俞佩华的母亲这期间过世了。方敏记得,把母亲亡故的消息告诉俞佩华时,俞佩华并没有停止手中的活,好长时间没有抬头。电焊条冒着青烟,方敏担心俞佩华把焊枪刺入自己的手心。

陈和平朝方敏这边望了望,继续看着监控,好像发现了什么秘密。陈和平问,俞佩华来这儿时儿子多大?方敏说,九岁吧。

方敏看了陈和平一眼。方敏偶尔会感慨，职业真是有着自己的生命方向，会带着人往某个方向长。陈和平虽然是方敏的同学，但他现在成了一位艺术家，这个年龄了，身上竟还带着一些少年气质。而她长久在这儿待着，整天板着个脸，大概这张脸已经面目可憎了。

方敏来到监控器前，看到黄童童一脸不悦地在搬东西，俞佩华也是怒气冲冲的样子。方敏说，我本来想安排你和俞佩华见上一面的。你来一趟这里不容易。

陈和平说，进你们这里确实麻烦，我手机缴了，介绍信和身份证也押了，到这里过了三道大铁门，每次到你们这儿都有一种进了中央情报局的感觉。我看不出她们有什么危险。

方敏说，可不能小瞧她们，要是由着她们的性子，不少人可是致命武器。当然大多数人与外面的人相差没想象的那么大。

俞佩华今天拒绝休息，方敏有点儿意外，也有点儿不高兴。俞佩华违拗了她的指令。这是俞佩华第一次表现出同平常不一样的意志。不过方敏没往心里去，猜想这同黄童童有关。

这儿表面上有严格的秩序，一切井井有条，但只要有人的地方，都是复杂的。这儿暗地里比哪里都遵循丛林法则。方敏当然知道犯人们之间的勾当，既然无法根除这种人与生俱来的恶习，只要不露出水面，谁也不会去管。黄童童刚进来时是这丛林里的小白兔，很多猎枪对着她。她又是个哑巴，被欺还不会开口说话。她动手能力弱，完不成任务，好不容易做好几只玩具娃娃，在她上厕所时还被别人占为己有（上厕所是要申请的，并且只能上下午各一次，她们不能喝太多的水）。黄童童回来后大闹。这很幼稚，也很危险，监控记录得一清二楚，事闹大会被处罚。俞佩华把黄童童叫到一边，让她从自己那儿拿走做好的成品。

黄童童心智极不成熟。在食堂做伙食的欺生（这女人是从她们中抽调到伙食班的），给黄童童打的饭和菜很少，黄童童一直处在饥饿之中。食堂的饭菜并不好，仅能维持生存以及劳动所需要的营养。荤菜比如猪肉不是每餐都有，有也只有那么一点点。黄童童终于失去控制，发泄了压抑已久的不满，把刚打的汤泼到那女人的脸上，烫伤了那女人的脸。这是露出水面了，看得见的错全在黄童童。黄童童因此被关了一周的禁闭。

黄童童一周后放出来已不成人样。那地方谁忍受得了？她都有些疯疯癫癫了。俞佩华向方敏要求黄童童在自己工号边做工。方敏意识到俞佩华想帮黄童童。

在这里，难得有人对另外一个人表现出同情心，光凭这一点，俞佩华就值得称赞。她同意了。这是俞佩华这么多年向方敏提的唯一请求。

陈和平一直盯着监视器，好像他今天有什么意外的发现。上次陈和平带来一位演员。应该有些年纪了，不过保养得很好，一举一动带着某种受过舞台训练的仪态，既自然，又优雅。陈和平说让演员来体验一下，深入生活对演出有帮助。

你剧本已在排练了？方敏问。

是的，效果意想不到的好。陈和平说。只要说起他的剧作，他就一点不谦虚了。不过倒也不讨厌，他灿烂的孩子般的微笑把"无耻"完全消解了。

什么时候首演？我想看看。方敏说。

陈和平拉住方敏，指了指监视器上的俞佩华和黄童童，说，她们看上去像一对母女。你瞧见了吧，这就是母爱。女人母爱泛滥是极其可怕的。要是主演看到这一幕就好了，她会受到启发。

你可以手把手教给她啊。方敏讥讽道。

方敏听陈和平讲起过他的一次艳遇。女方把他当孩子，源源不断的母爱让陈和平窒息。

她们聚在一起吃饭。打饭的时候，俞佩华已经知道昨天晚上黄童童哭了一夜，同宿舍的人都被她烦死了。"你自己耳聋，我们听得见。""是你亲娘死了还是相好死了？哭丧啊？"同宿舍的人毫不客气。俞佩华这才知道今天黄童童做不好工的原因。俞佩华打好饭坐到黄童童对面。黄童童这会儿看上去蛮高兴的，她用手语问，你出去打算干吗？

俞佩华没想过这个问题。她想了好久不知怎么回答。她想起出事那天，她和儿子在看一场电影。要不是看那场电影，要是当时她在家里，母亲发现阁楼里的秘密时，就不会去报警，那就不会有后来的事，她还在过正常的日子呢。

想去看一场电影。俞佩华比画着。她的手语没黄童童打得漂亮，黄童童的手语带着表情，有情绪的时候，手语会变得快而有力，像飞快地做着某个决断。

黄童童的目光又转向窗外，好像有谁在召唤着她。她说，我恐怕这辈子不能在电影院看一场电影了。

这里很明亮，很干净。劳动成为她们生活的所有。她们会被集中在一起唱歌，唱歌时脑子一片空白。她们不让自己想事。每个人背后都挂着一个长长的暗影。在这里，谁都不谈自己是怎么进来的，奇怪的是过不了多久人人都知道谁干了什么事。黄童童杀死了自己的继父。继父欺负她母亲还欺负她。

如果活儿干得好,你可以像我一样,十七年后就可以去电影院了。俞佩华说。我到时候陪你一起看。她又说。活儿干得好不难,你只要照我说的做,一定能干好。她的手势停在 OK 的位置。

我不可能十七年就出去。黄童童说。

熄灯铃响了。大家上床。俞佩华没脱衣服,好像脱掉衣服睡觉的话,她会永远留在这儿。她没睡着,时间仿佛停止了。在这儿十七年,她从来没像今天晚上这样感到时间凝滞不动。好像不会再有黎明,长夜将永远留在今晚。这也是她愿意今天继续干活的原因。当然黄童童也是一个重要的原因。她很难想象这个女孩能够承受得了这里的一切,待上漫长的一生。想到黄童童吃饭时高兴的样子,她有些不安。

窗子没有窗帘。月光像一把刀子,插入这间小屋。这个地方没有植物。这个地方不允许有任何遮挡物。有时候俞佩华会认为这个地方也是从地上生长出来的,是这片空旷田野里的另类植物。她们都睡了。在睡梦中,人就落入黑暗之中。如果她们还有意识,应该也是暗的。凭俞佩华的经验,在这里必须修炼到彻底的暗,彻底的无意识,才能熬过漫长的时光。黄童童做不到。在这不足二十平米的宿舍里,俞佩华住了十七年,每一个角落她都了然于胸。门边上,她们每人有一个小小的格子，存放个人用品。那个地方存放的东西千篇一律。凡是明处的东西都千篇一律。人与人总是不同的。每个人都有自己小小的标记。在这十七年中，去了几个，也来了几个。新来的那人发现床板上刻满了字，是一句诗词：哲人日已远，典刑在夙昔。曾为教师的俞佩华记得那是文天祥的诗，一句很励志的诗。不知道是走的那个妇女留下的还是这之前的人留下的，这次走的女人七十六岁了，她把漫长的岁月留在了这里，她竟在这个地方追慕圣人。俞佩华是上铺，她能看到斜对面那个女人。她已沉沉睡去。俞佩华知道她的床头贴着一幅幼稚的儿童画。不过平时用一块布蒙着。

走道上出现混乱的脚步声。在这里每个人都是警觉的。她们虽然一动不动，但俞佩华相信她们醒了。她们的耳朵一定竖了起来，辨析着走道上的每一个细节。如果能够，她们会让耳朵像手臂那样伸出去，以便听得更清楚。这里出事可不是好事，会殃及每一个人。俞佩华的心揪了一下。

黎明究竟还是会到来的，也只有她这个彻夜不眠的人才会有那种不必要的念头。俞佩华看着月光在窗外的远处消失，看着晨光在窗外的远处一点点升上来。早晨的空气从窗外透进来，是夏天清冷的空气，有点儿庄稼的香味。俞佩华听说离这儿不远处有一片柑橘林。每年柑橘花开的时候，能闻到柑橘皮剥开时那种清香。终于，她听到了起床的铃声。

她洗漱完毕。方敏来了，面部浮肿，一脸憔悴。也许昨晚真的发生了什么。

她跟着方敏来到一间更衣室。她要在这里把身上的这套衣服换掉，换上自己的衬衣。这是一件十七年前穿过的衬衣，她怕不合身了。还可以穿。这十七年，她的身材竟没走样。幸好是夏天，可以穿衬衫。这些十七年前的外套根本无法穿了。

俞佩华看出方敏心情不好。她不敢问。她没资格问一位管教任何问题。她跟着方敏，向大门走去。她第一次看见那扇铁门。来的时候她坐囚车。现在，她得走着出去。方敏走得很快，到了铁门，她回头看了看俞佩华，神情严肃。俞佩华的心悬了起来，好像只要方敏改变主意，她就得回到那个地方。

昨晚出了不好的事，黄童童自杀了。方敏说。她偷藏了厂里的那把镊子，用镊子刺破了血管，幸好发现得早，没生命危险。要是死人的话，是大事件，监区会被究责。

俞佩华愣在那里，好像她的思维停止了运转。这感觉很像她出事儿那一天。

俞佩华收到一张话剧的票子。票子做得相当考究，比普通票子要细长，上面印着一座不知道谁画的尖顶房子，一半黑一半红。边上印着：剧名《带阁楼的房子》，座位号六排十三号。她猜想应该是方敏寄给她的。她不吃惊。在那儿，方敏告诉过她，有人准备以她的故事写一出戏。在方敏的安排下，她要和作家见面。她没办法拒绝，在那儿，她没有任何拒绝的权利，她必须配合。只是她什么也不想说。那人戴着一副精致的黑框眼镜，笑起来依旧带着奇怪的孩子气，表情和善，至少没把她当怪物。她怀疑这么一个天真的人能写一出戏。作家在她心目中是鲁迅那样的形象，警觉、严厉、深刻，一眼可以把人看穿。眼前这个人，他的目光单纯，好像在他眼里，她是位天使。她不是。她是个罪人，法庭也是这么判的。这一点必须清楚。那天她没说什么，全是作家在自说自话，但方敏后来对她说，作家觉得很有收获，因为他握她的手时，她的手很暖和，比一般女性要暖和。这是一个重要的细节。作家是这么告诉方敏的。

现在她住的房子是租的。刑期快到的前一个月，方敏问起她出狱后的打算。她不可能回老家。她让自己的亲人都抬不起头来，她不能再出现在他们面前，让他们平复的伤口再次被揭开。她想找一个地方度过余生。方敏主动提出帮她租房子。房子在北部城郊，房租便宜，合她心意。在里面劳作每月有五百元补助（前些年没那么多），十七年下来积下五万多块钱。汶川地震时她捐了两千元。其他的钱她没用过。在那儿她没任何消费，生活需求降到最低程度。

她很快找到了工作。她去了一家玩具厂。十七年的训练让她已是一位最优秀的工人。车间主任对她还算照顾，从来不问她的来历。民营小企业不关心你来自哪里。

有一天她突然思念起自己的儿子。她回了一趟老家。她不敢让人看见她。他们一定以为她将在牢里待上一辈子，人们见到她会吓坏吗？会把她当成鬼吗？也许他们根本认不出她来了。她躲在家对面公园的一棵大树后面观察。儿子和她想象的完全不一样，她差不多认不出他来了，他面色苍白，看上去一副落魄的样子，脸上带着长期熬夜后产生的混乱气息。她后悔来看他。这应该早已料得到的。出了那样的事，同她有关的人都不会好过。她把他们的生活毁掉了。某一刻，她有冲动想站到儿子面前，告诉他，妈妈出来了。她忍住了。她不能这样做。那天她在大树后独自掉泪，待到天黑，然后安静地离开。最好装作是一个不在世上的人,这对儿子是最好的。不过儿子也许早已把她当成不存在的人了。

她不再想儿子。她更多想黄童童。她听说黄童童治愈后又关了禁闭。她写过信。黄童童没回。她相当忧心。她曾许诺过会去看她。当时黄童童不相信是对的。她没有勇气。那里的人都认识她,在她们眼里她或许不配以自由人身份到那里探监。她想,也许黄童童过段日子会回她信的。

这天是一个星期天,是话剧首演的日子。她收到票子时心里一直在斗争,是不是要去看。那是个噩梦,为什么要去面对它呢?她自己都快忘掉那档子事了。她起床,叠好被子,像在那里一样,她把被子叠得有棱有角。她有几次想改掉这个习惯,发现很难。另外她怕一旦改掉,她的生活和精神会垮掉,变得不可收拾。她最终决定去看戏。也许能见到方敏,可以问问黄童童的近况。

出门前她收拾了一下自己。她需要坐一个半小时的公交车才能到市中心。她坐在六公园的长椅上,看到西湖边游客摩肩接踵。一个中年男人走过时一直看着她,目光毫无遮拦。中年男人走了一段路,脚步慢下来,然后停住,往回转,在她坐着的那把长椅上坐下来。那男人说,给一百元,可不可以同他开房?她吃了一惊。这个男人怎么会往这边想？她吓坏了，马上站起来，几乎是逃跑的，样子十分狼狈。直到走远，她才回想刚才那一幕，有点儿无来由的兴奋。她竟有那么一点点后悔没跟他去。那人看上去不讨厌。她很久没有了。没碰过男人的身体。她几乎也感觉不到自己的身体。她努力把脑子里浮现的画面抹去，星星之火得尽早熄灭。她无法向另外一个人敞开。很多时候她更希望自己成为空气，别人看不到她。

在南山路的一个角落有一家不起眼的玩具店，很窄的一个门，店里很冷清。老板娘说她们卖的是高档玩具，不是地摊货。进去后，里面空间倒是挺大的，布置得很考究，每一个玩具都有固定的龛子，好像它们是供奉在那里的神祇。她看到绿皮火车、金色五子棋、红色的奥特曼、限量版金刚、微型恐龙骨架……在墙壁的空白处，挂着一些抽象油画，绚烂的光点和线条天真而随性。这时候，她看到在转角处有一只洋娃娃。她吓了一跳，那玩具同她做的几乎一模一样，四十厘米那种，棕红的头发，蓝眼睛，向上翘着的嘴唇，还有穿着的裙子，全都是她记忆中的模样。她最初本能地缩了缩身子，好像重回那个幽闭的监所。一会儿，她慢慢恢复了体力，伸出手去，把那只性感的娃娃从龛子里取了出来。这款产品，从她手中生产了成千上万只。她仔细辨别，是不是自己做的。

她拿起玩具娃娃闻了一下，好像那儿真的留存着她的气味或黄童童的气味。老板娘是个时髦的女人，奇怪地看着她的举动。我要这个。她说。她没看老板娘一眼。价格不便宜，一千二百元。她有点儿不敢相信。不管是不是那个厂子的产品，她没想到她做的娃娃值这么多钱。那她一年创造了多少价值啊！老板娘夸她有眼光，说这款娃娃是店里最畅销的，许多人都喜欢。老板娘开始替她打包。她说：不用，只要娃娃。老板娘说：这盒子多漂亮啊，免费的，为什么不要呢？她不再反对。盒子确实漂亮，也许洋娃娃放在这样的盒子里才这么值钱。她对老板娘说：我是做洋娃娃的，这种娃娃我做了无数个，数都数不清了。老板娘的脸突然沉了下来，说：我这儿的东西都是进口的，同国产是两回事。

从玩具店出来，俞佩华很高兴。她伸手摸了一下口袋，那张戏票在的。今晚她一定要想办法见到方敏，托方敏把洋娃娃送给黄童童。盒子必须掷掉，那个地方每样东西她们都要开包检查个透。她喜欢把一个没有包装的洋娃娃交给方敏，那感觉像是她刚刚从车间里生产出来一样。她答应过黄童童，会送她一个。她想黄童童会高兴的。她虽然不能把洋娃娃带进宿舍，不能抱着洋娃娃睡觉，因为洋娃娃里面有金属，会有安全隐患。但某些特殊的日子（比如联欢会），管教会允许她和洋娃娃待一段时光。

俞佩华抱着洋娃娃，盼着夜晚的降临。

方敏和陈和平早早坐在胜利剧院。观众陆陆续续地到来。方敏看出陈和平有些紧张，他应该在担心剧场能否坐满。要是空出一大块是很难看的。观众比方敏想象的要多，在开场前十分钟几乎满座了。陈和平又得意起来，对方敏说，现在看话剧是时尚，你应该多看戏才对。看戏的大多数是年轻人。方敏在前排寻找俞佩华的影子。俞佩华在六排十三号。她在十排。她不确定俞佩华会不会来。在三分钟之前，那个位置是空着的。这会儿，那里已坐着一个人。她很快认出来了，就是她，端正地坐在那里，腰板挺直，好像在那里听一堂思罪课。方敏不知道她是什么时候进来的，她真的像影子一样无声无息。不过那地方的人都有点儿像影子。她想过去打个招呼，转念放弃了。这样或许会让俞佩华不能安心看戏。等演出结束再说吧。

对俞佩华，方敏怀着同陈和平一样的好奇心。方敏作为俞佩华的管教，和俞佩华相处了十七年，她在那里的行为堪称楷模，没有一个人能像她那样如此严酷地对待自己，不允许自己出一丝一毫的差错，这种意志力无人能及。方敏相信，这样的人干什么都能成事。另一方面，她一点儿也不了解俞佩华。她杀了自己的叔叔。九年后案子意外暴露。那时候她已结婚生子。她承认犯案，在法庭上详述了杀死叔叔的整个过程，并坦承当时神志清醒，但法官问她动机，她要么回答不知道要么沉默。在每一次思过教育时，她发言全是判决书上的判词，只是加深了程度，并且表现出真诚和悔恨，但从不谈及当年为何要这么干。陈和平采访她，她也是这种态度。有时候方敏觉得俞佩华依旧是一个陌生人，是一个谜。这也是陈和平试图用戏剧的形式探索她内心的原因吧。方敏想看看陈和平怎么理解俞佩华。

　　七点半，演出正式开始了。俞佩华怀着好奇心看着女主角声嘶力竭地一唱三叹。她好久才认出她来，她见过她一面。一年前她跟着作家来过那里。她提的问题毫无逻辑，无法回答。看了一会儿，俞佩华断定这戏虽然有她的影子，但已同她没有太多关系，那演员演的不是她。她打了一个长长的哈欠。边上一个年轻女孩恶狠狠地看了她一眼。她打起精神装作专注地看戏。

　　方敏也很快得出结论，这出戏对俞佩华的故事作了全新的想象和拓展。职业也改了。戏中女主角父亲被人谋财害命。女主角和母亲相依为命。一年后，远在广州工作的叔叔住进了这一家，叔叔充当起父亲的角色。女主角对叔叔和母亲的结合非常反感，并怀疑父亲的死与此有关。有一天，女主角洗澡时，叔叔意外闯入，虽然叔叔看上去是无意的，但女主角认为叔叔居心不良。

女主角有一个邻家妹妹，是个哑巴，她喜欢在屋顶攀缘，满脑子幻想。夜里，哑巴妹妹来到女主角房间。哑巴说（手语配字幕）：我梦见你爸爸了，他同我说，他是被你叔叔杀害的。女主角相信这是父亲托梦给哑巴妹妹。看来她的怀疑并非无本之木。哑巴问：要真是这样，你打算怎么办？女主角说：我会杀了他。在舞台的暗处，叔叔听见女主角和哑巴说的话。女主角出门时，看见叔叔匆匆离去的背影。女主角感到不安。

女主角在硫酸厂工作。叔叔和母亲结合以及背后的阴谋开始在厂里流传。有同事拿此事当面嘲笑女主角。女主角像豹子一样扑过去，掐住那位同事的脖子。有人拖开了女主角。女主角告诫所有人，要是有人再敢造谣，再敢胡说八道，她会把硫酸泼到他脸上。话说得狠，但女主角看上去很无助，她蜷缩着抽泣起来，浑身打战。

方敏看出来，导演是用日常化的方式处理戏剧性，舞台平和沉静，某种悬疑氛围又让观众感觉到不安。演员显然完全没有做到导演想要的，表演略显夸张。音乐不错。她没把感受告诉陈和平，免得他笑话她这个外行。

女主角的疑心越来越重，变得疯疯癫癫。女主角发疯的戏演得好极了，每一句话都像胡言乱语，可句句都如利剑刺向叔叔。叔叔认为侄女得了疯症，在母亲的恳求下，叔叔把她送往精神病院治疗。

此时，整个剧场鸦雀无声。观众沉浸在某种悲剧氛围之中。六排十三号的俞佩华一如既往地挺直腰板，这个姿势坐下后没有动过，仿佛她是一尊雕像。方敏想，如果剧场里每个人都如俞佩华这样，演员会崩溃。

演出继续。女主角从医院出来后回到硫酸厂工作。她变了一个人，沉默寡言，独来独往。她恨叔叔残忍地把她送进疯人院。他们用各种仪器对付她（她没病不肯吃药，被电击过）。现在女主角坚信是叔叔杀死了父亲。叔叔不但占有了父亲的财产还占有了母亲。接着女主角又遭受了一次打击，她十分喜欢的哑巴妹妹，在一次攀缘中意外从屋顶落下摔死了。对哑巴妹妹的死，女主角怀疑是叔叔所为。

一天，家中无人，叔叔喝醉了酒来到女主角的房间，叔叔酒气熏天，说侄女冤枉他，他为这个家操碎了心，可侄女从来不感谢他，还……叔叔悲伤地哭泣起来。女主角把早已准备好的二十颗安眠药放入白开水中，递给叔叔。叔叔拿过杯子，仿佛得到巨大的安慰，悲伤地哭了，口中说：我的好侄女，谢谢，谢谢你接纳叔叔。然后一口喝掉白开水。在安眠药的作用下，叔叔睡死过去。女主角用一根电话线勒死了叔叔。她把叔叔拖到卫生间浴缸里，把她从硫酸厂搞来的硫酸倒在叔叔的尸体上。舞台上冒出一股白烟……

女主角：没流一滴血，他就死了。（她看了看上苍，好像爸爸和哑巴妹妹正看着她）看到了吗？这个魔鬼已化成了一股烟。不过，还有几根白骨，可是我的硫酸用完了。（突然失声痛哭）我杀人了，我做得对吗？为什么你们沉默不语？也许我真的生病了，我总是心神不宁，妈妈说我已疯了，邻居也说我神志不清……（慢慢平复，自语）我还得处理这几根残骨……等等，我想起来了，我房间有一只盒子，我把残骨放在盒子里吧……

方敏研读过俞佩华的案宗，剧中杀死叔叔的场景，除了对话，其中的细节和俞佩华在法庭上的陈述完全一致。从开场到现在过去了一个小时,应该还有差不多一半的戏。叔叔已经死了,下面会发生什么?对叔叔的突然消失,母亲非常伤心,疑虑重重。邻居们倒是没感到奇怪,他们都带着嘲讽的口吻说男人抛弃这家子回广州了。

故事的转折来自父亲案子的破获。父亲是被另一个人杀死的,警察抓到了那个人,那人也招供了。这件事震惊了女主角。这么说她无缘无故杀了一个人?难道是她错了?难道是因为她不能接受叔叔和母亲的行为,把想象当成了事实?难道当年自己真的因为失心而疯魔过?也许这就是她被送往医院的原因。

愧疚感开始折磨女主角。母亲又念叨起叔叔,对女主角说:我知道你不喜欢他,但你生病时,他每周去医院看你,只是你不肯见他,他很伤心。他如今在哪里?怎么把我们抛弃了呢?

戏开始向高潮推进。女主角再次在楼道口对着阁楼祭祀。这一场面震撼了方敏。舞台的灯光是红黑两色。黑的这一方是女人,红的是阁楼。舞台上只有女主角一人,她烧了很多纸钱,然后高举三支清香,说出大段台词,台词里面纠结着痛苦、悔过、悲伤和恐惧,她被抛入万劫不复的深渊里挣扎。那被灯光打成红色的阁楼里突然传来叔叔的声音:可怜的侄女,你把我放在阁楼,你在你的头上悬了一把剑啊……

方敏落泪了。陈和平转头看她。她有点儿不好意思。

终于到高潮阶段。左邻右舍都在传说这间带阁楼的房子是一间鬼屋。母亲变得疑神疑鬼,她决定请来道士,在屋子里做一场法事。

一帮道士穿着道服在舞台上跳着阴森的舞蹈,嘴中念着咒语。咒语伴着音乐,仿佛这咒语来自另一个世界,既神秘又悲悯。其中一个道士手中握着一把宝剑,剑刃闪出寒光。道士的剑突然向上一指,轰的一声,阁楼上掉下一只盒子。母亲打开盒子,昏厥了过去……

方敏看到六排十三号站了起来。俞佩华退场了。这一行为可以理解为她忍受不了内心被人窥探,也可以理解为她不喜欢这出戏。方敏很想跟着她出去,问问她看戏的感受。戏还没结束,这样做显然不合适。她看着俞佩华穿过黑暗的剧场,消失在剧场的门口。

尾声。舞台的布景中间出现一块电影屏幕。女主角和儿子坐在舞台上,从舞台的环境可以看出两人在看一场电影,播放的是《东方快车谋杀案》。

剧终。剧场里响起热烈的掌声。接下来是演员谢幕的环节。舞台上大灯亮起。主持人开始一一介绍并感谢演员以及主创。演员们依次上台谢幕。有观众献花给主演。最后是导演登场。编剧原本是不用上台的，但主持人一定要陈和平说几句。陈和平客气了一下上台了，他没多说，只感谢了一个人，他没说出名字，大概只有方敏听出来他在感谢俞佩华。可惜俞佩华已经走了。在舞台光的照耀下，陈和平显出和平常不同的风度，举手投足很有艺术家风范，且不做作。方敏有点儿刮目相看了。在主持人的鼓动下，观众的手机成为一支一支的荧光棒，在黑暗的剧场内晃动，向主创致敬。方敏想，这一刻这些演员无论演的是主角还是配角，一定都很幸福，是人生的高光时刻。看戏的人久久不肯散去。

方敏等着陈和平从台上下来，然后一起向剧场外走去。

方敏没想到的是，在剧场的大厅，俞佩华正等着她。方敏看不出俞佩华此时的心情，她的表情永远是那么平淡。俞佩华的手中捧着一只洋娃娃，方敏看出来了，洋娃娃和里面生产的几乎一模一样。

方敏说：怎么样，戏还好吗？

俞佩华没有回答。好像她刚才根本没看戏。她把玩具娃娃递给方敏，拜托方敏把它带给黄童童。

俞佩华说：我答应过她的，我会送她一只洋娃娃。

方敏愣住了。她没接玩具娃娃。好一会儿，方敏长长地舒了一口气,艰难地说:黄童童已不在女子监区了。

俞佩华吃了一惊,问:黄童童去哪里了?方敏转过头,回避了俞佩华的目光,没有回答她。俞佩华突然面目变得狰狞,她几乎是喊出了声:告诉我,她在哪里?方敏吃了一惊。十七年来,她第一次感受到俞佩华不被驯服的力量,她似乎理解了十七年前,不对,应该是二十六年前俞佩华的行为。

方敏和陈和平对视了一下,陈和平看上去像白痴一样不明所以,同刚才台上谢幕时判若两人。

附录

获奖作品颁奖辞

《演唱会》由7个短篇小说构成，是艾伟的近作，这些小说分别得过收获文学榜短篇小说榜榜首、汪曾祺文学奖、《小说选刊》最受读者欢迎奖、《作家》"金短篇"小说奖等，入选"城市文学"排行榜。

《小满》

获第五届汪曾祺文学奖

颁 奖 辞

现代作家沈从文、柔石、曹禺、吴组缃、罗淑等先后写过"典妻"、"代乳"和夺子弃母的故事，取得极高的艺术成就与文学史地位。艾伟近年多部作品也关注当代社会类似的畸形伦理现象，短篇《小满》把一个"代孕"故事讲得跌宕起伏，是向上述经典作家致敬，也是对当下现实的积极回应。小说写古董商人白先生外表斯文，内心隐藏一段不可告人的发财前史，写白太太温和平易，但关键时刻杀伐决断毫不容情，写女佣喜妹奴性天成，相信"从来如此便对"，都可圈可点。主人公小满天真善良，易受摆布，也容易落入幻想，加之无法回避天然的母性和妻性，心理严重受伤，终于疯癫，这一层写得尤为成功，作品也因此显出鲜明的当代性。喜妹有限视角与隐含作者全知视角之间张力的把握更见匠心。你若非喜妹，将如何看待类似的代孕故事？作者的追问难以回避，小说的撼人力量正由此而来。

《在科尔沁草原》
获 2017 年《小说选刊》最受读者欢迎奖

颁 奖 辞

"冰山的水下部分"在人物对话，在情节的后续发展，在人物隐秘的关系中得以建立。小说省略的部分，已然在人物携带的情感中隐现。《在科尔沁草原》中人物的情感，是延绵起伏的远峰。故事情节作为"冰山的水上部分"，由富有意味的一系列变化构成。这些外在的变化带来转折的诡异，也体现人物的内在诉求。书写作为一种主观取舍，传达出作家对价值的判断，对生活的态度，呈现人物的精神、物质需求，揭示被猜度被高估被贬低的种种处境。

《最后一天和另外的某一天》
获 2020 收获文学榜短篇小说榜榜首

颁 奖 辞

艾伟的目光在这篇小说中显得异常聚焦,他将焦点完全汇集到一个女杀人犯的身上——这个女人在监狱待了十七年,在这十七年里,她没有犯过任何错误,成为监狱里的头号模范犯人。小说试图窥探这个女人谜一样的人生,却发现终究所得有限。在不得已的情况下,小说设置了戏中戏,一部以此女人为原型的戏剧在舞台上演,作为原型的女人坐在观众席里冷若冰霜。这是作家和他作品中人物的角力,在这个意义上,艾伟的这篇小说带有"元小说"的气质,因此小说有两个文本面向,在表层文本里,女犯人的故事以悬疑剧的方式勾起了读者足够多的好奇心;在深层文本里,这是一个关于作家无法驯服其作品人物的故事,它暗示了艺术的高度和限度。而在最后,小说似乎和所有人都开了一个玩笑:你永远不会知道你想知道的,因为这就是生活最混蛋又最坚固的逻辑。

演唱会